FOLIOTHÈQUE

Collection dirigée par
Bruno Vercier
Maître de conférences
à l'Université de
la Sorbonne Nouvelle-Paris III

Honoré de Balzac

Le père Goriot

par Jeannine Guichardet

Jeannine Guichardet

présente

Le père Goriot

d'Honoré de Balzac

Gallimard

Spécialiste de Balzac (*Balzac, « archéologue de Paris »*), Jeannine Guichardet est professeur émérite à l'Université de la Sorbonne Nouvelle.

Le dossier iconographique a été réalisé par Nicole Bonnetain.

I

" VOUS QUI TENEZ CE LIVRE... "

Cet appel direct au lecteur, à la première page du *Père Goriot** témoigne, dès 1834, de la « modernité » de Balzac. Un Balzac qui déjà, dans la *Physiologie du mariage*, suggérait : « Lire, c'est créer peut-être à deux. » Appel qui n'a cessé de retentir à travers temps et lieux jusqu'à nous, lecteurs d'aujourd'hui qui savons bien que la lecture est création continuée, « appel » précisément à la vie toujours recommencée d'une œuvre, organisme vivant sollicitant un « œil vivant » pour établir une véritable « relation critique[1] ».

1. *L'Œil vivant* et *La Relation critique* sont des ouvrages de Jean Starobinski (Gallimard, 1961 et 1970).

Mais « par où commencer » pour appréhender poésie et profondeur d'un texte qui a suscité, dès sa parution et au fil des époques, tant de commentaires érudits, passionnants et passionnés, que leur somme dépasse très largement le volume que nous avons entre les mains ? Peut-être faut-il provisoirement négliger ce prestigieux appareil critique pour assister à travers les propos du seul Balzac à la genèse de cette œuvre-carrefour qu'est *Le Père Goriot*.

Au commencement, quelques notes sur un album de projets : « Un brave homme – pension bourgeoise – 600 fr. de rente – s'étant dépouillé pour ses filles qui toutes deux ont 50 000 fr. de rente – mourant comme un chien. »

---

* Les références concernant *Le Père Goriot* renvoient au texte de la collection Folio (n° 784).

À peine une esquisse à partir d'un modèle que l'observateur Balzac, fidèle en ceci à son projet d'« historien des mœurs », affirme avoir puisé dans la réalité qui l'entoure : « L'événement qui a servi de modèle offrait des circonstances affreuses et comme il ne s'en présente pas chez les cannibales, le pauvre père a crié pendant vingt heures d'agonie pour avoir à boire, sans que personne arrivât à son secours, et ses deux filles étaient l'une au bal, l'autre au spectacle, quoiqu'elles n'ignorassent pas l'état de leur père[1]. »

Puis, comme souvent chez Balzac dont l'imaginaire est en expansion, ce qui devait être une simple nouvelle est devenu « sous [ses] doigts un livre aussi considérable que l'est *Eugénie Grandet* ou *Ferragus*[2] » ; récit complexe, foisonnant, tout à la fois « roman », « drame », « tragédie parisienne », il est, à vrai dire, lieu de brassage de tous les genres répertoriés dont les frontières s'effacent. Il en était déjà ainsi pour *La Peau de chagrin* qui, en 1831, achevait de consacrer comme écrivain l'auteur des *Chouans* (1829) et des premières *Scènes de la vie privée* (1830).

La précieuse correspondance de Balzac permet de suivre l'écrivain au travail, surtout les lettres adressées à madame Hanska (« l'Étrangère » avec laquelle il correspond régulièrement depuis 1833 et qui deviendra sa femme en 1850, trois mois avant sa mort).

Le 18 octobre 1834, au retour de Saché en Touraine où il a passé une quinzaine de jours, il lui écrit : « J'y ai commencé une grande œuvre, *Le Père Goriot*. Vous verrez

1. Voir la préface du *Cabinet des Antiques* (1839).

2. Voir Dossier, p. 130.

cela dans les prochaines livraisons de la *Revue de Paris*. » C'est à Paris, rue Cassini où il demeure alors, qu'il poursuit la rédaction, travaillant « à perte de vue », enveloppé dans la fameuse « robe de Chartreux » — dès cette époque, elle remplace souvent les vêtements du dandy... Balzac, forçat de la gloire future, attelé à la tâche jusqu'à vingt heures par jour ! Vingt heures qui ne sont pas toutes consacrées au *Père Goriot*. Comme toujours la tâche est multiforme. Après avoir corrigé *La Recherche de l'Absolu* achevée en septembre 1834, « *César Birotteau* avance et les *Mémoires d'une jeune mariée* sont sur le chantier », écrit-il le 22 novembre 1834. À cette date, « *Le Père Goriot* est une belle œuvre mais monstrueusement triste » ; d'ores et déjà cependant appréciée par les « happy few » : « Vous serez bien fière du *Père Goriot* ; mes amis prétendent que ce n'est comparable à rien, que c'est au-dessus de toutes mes précédentes compositions » (lettre du 1er décembre). Le 15 décembre, « pauvre cheval fourbu » il envisage « encore une vingtaine de jours de travaux constants ». La veille, quatre-vingt-trois pages (corrigées en six jours), « ce qui équivaut à un demi-volume in-8° », ont été publiées dans la *Revue de Paris* alors que la fin du manuscrit reste à rédiger. Pratique courante chez Balzac qui, en outre, poursuit sur épreuves son travail de création, procédant par ajouts successifs. Dès la parution de ce premier long fragment, le succès se confirme : « *Le Père Goriot* est un de ces succès inouïs, il n'y a qu'une voix, *Eugénie Grandet*, *l'Absolu*, tout est surpassé.

1. Voir Dossier, p. 141.

Je n'en suis cependant qu'au premier article, et le second surpasse bien le premier[1] » (lettre du 15 décembre). Le 28 décembre, nouvelle publication de cinquante-six pages. Commence l'année 1835 et s'achève enfin *Le Père Goriot*, le 26 janvier exactement : « Aujourd'hui a été fini *Le Père Goriot*. » La troisième livraison à la *Revue de Paris* a paru la veille, la quatrième et dernière paraîtra le 11 février : « Étourdissant succès ; les plus acharnés ennemis ont plié le genou » (lettre du 26 janvier 1835).

Nous qui tenons « ce livre », nous voyons donc qu'il fut d'abord un grand tout en quatre morceaux, écrit en un peu moins de quatre mois pour cette importante *Revue de Paris*. Il s'agit d'une revue littéraire hebdomadaire ouverte, selon le vœu de son fondateur le Dr Véron, « à tous les jeunes talents encore obscurs comme à tous les écrivains déjà célèbres ». Balzac, et c'est ici le moment de le rappeler, a une solide expérience de journaliste[2]. Après la révolution de juillet 1830 il est partie prenante dans « ce mariage de raison de la littérature avec le journal » qu'est la publication en revue. Il a collaboré à de nombreux journaux, plusieurs de ses romans ont paru en feuilletons avant d'être édités en librairie, et souvent le romancier se souvient du journaliste qui sommeille en lui, soucieux de la réception des fragments d'œuvres qu'il livre à son public. Tenir les lecteurs en haleine d'une livraison à l'autre implique une intrigue, des rebondissements dramatiques (telle, par exemple, la fameuse arrestation de Vautrin), des titres choisis

2. Voir Roland Chollet, *Balzac journaliste, le tournant de 1830*, Paris, Klincksieck, 1983.

12

pour orienter la lecture et « coiffer » les principaux épisodes. Ici, six chapitres répartis sur les quatre livraisons : « Une pension bourgeoise », « Les deux visites », « L'entrée dans le monde », « Trompe-la-Mort », « Les deux filles », « La mort du père ». Ainsi se présente ce qu'on nomme publication préoriginale du *Père Goriot*. Elle est très tôt suivie de l'édition originale en volume dite édition Werdet (du nom du libraire), le 11 mars 1835. Mais déjà le texte a bougé, s'est enrichi d'une préface, a subi des variantes. Chaque édition suivante apportera les siennes jusqu'au fameux « Furne corrigé[1] ». Corrigé de la main même de Balzac, toujours en mouvement quand il s'agit de ses textes, de leur future entrée dans la grande *Comédie humaine* (ce titre général n'apparaîtra qu'en 1840 et c'est en 1843 que *Le Père Goriot* entrera dans le vaste assemblage qu'il recouvre).

C'est ce dernier état du texte que nous avons entre les mains. Texte qu'il convient maintenant de *lire et relire* avec la plus grande attention et *avant de poursuivre la lecture du présent essai*. Temps suspendu, lecture solitaire, précieuses minutes affranchies des pesanteurs du quotidien.

« Entrer dans une œuvre, c'est changer d'univers, c'est ouvrir un horizon », dit Jean Rousset[2] qui précise : « L'œuvre véritable se donne à la fois comme révélation d'un seuil infranchissable et comme pont jeté sur ce seuil interdit. Un monde clos se construit devant moi, mais une porte s'ouvre qui fait partie de la construction. L'œuvre est tout

1. Voir Dossier, p. 146.

2. Dans l'introduction à son ouvrage *Forme et Signification*, Paris, Corti, 1962.

ensemble une fermeture et un accès, un secret et la clef de son secret. » La lecture comme acte initiatique : c'est à tous égards celle que mérite *Le Père Goriot*. En lisant ce livre nous venons de franchir le seuil même de la future *Comédie humaine*, gigantesque édifice dont l'architecte entrevoit les perspectives en ce moment décisif où il conçoit le retour de ses personnages. Idée géniale aux yeux de Balzac lui-même qui aurait alors déclaré à ses proches : « J'ai trouvé une idée merveilleuse. Je serai un homme de génie. » Génie advenu, admiré, imité depuis bien longtemps déjà au moment où Proust évoque dans une page magistrale de *La Recherche du temps perdu* cet instant de révélation, d'illumination balzacienne. Ivresse du créateur quand celui-ci, « jetant sur ses ouvrages le regard à la fois d'un étranger et d'un père, trouvant à celui-ci la simplicité de l'Évangile, s'avisa brusquement, en projetant sur eux une illumination rétrospective, qu'ils seraient plus beaux réunis en un cycle où les mêmes personnages reviendraient, et ajouta à son œuvre, en ce raccord, un coup de pinceau, le dernier et le plus sublime. Unité ultérieure, non factice, sinon elle fut tombée en poussière comme tant de systématisations d'écrivains médiocres, qui à grands renforts de titres et de sous-titres, se donnent l'apparence d'avoir poursuivi un seul et transcendant dessein. Non factice, peut-être même plus réelle d'être ultérieure, d'être née d'un mouvement d'enthousiasme où elle est découverte entre des morceaux qui n'ont plus qu'à se rejoindre ; unité qui s'ignorait, donc vitale et non logique ; qui n'a pas proscrit la variété, refroidi l'exécution. Elle est, mais s'appliquant cette fois à l'ensemble, comme tel morceau à part, né d'une inspiration, non exigé par le développement artificiel d'une thèse, et qui vient s'intégrer au reste[1] ».

1. Voir *La Prisonnière* (1923).

Dès l'édition originale du roman, ces personnages reparaissants sont au nombre de vingt-trois. Ils deviendront cinquante au cours des éditions suivantes et, en 1835, Félix Davin, porte-parole de Balzac, constate dans son introduction aux *Études de mœurs au XIXe siècle* : « Un grand pas a été fait dernièrement. En voyant reparaître dans *Le Père Goriot* quelques-uns des personnages déjà créés, le public a compris une des plus hardies intentions de l'auteur, celle de donner la vie et le mouvement à tout un monde fictif dont les personnages subsisteront peut-être encore, alors que la plus grande partie des modèles seront morts ou oubliés. »

2. Voir Dossier, p. 148.

En 1839, dans la préface d'*Une fille d'Ève*, c'est l'écrivain lui-même, dominant alors du regard l'œuvre passée, présente et à venir, qui explique et justifie son système[2] : « Vous aurez le milieu d'une vie avant son commencement, le commencement après sa fin, l'histoire de la mort avant celle de la naissance » car, dit-il : « Il n'y a rien qui soit d'un seul bloc dans ce monde, tout y est mosaïque. Vous ne pouvez raconter chronologiquement que l'histoire du temps passé, système inapplicable à un présent qui marche. L'auteur a devant lui pour modèle le XIXe siècle, modèle extrêmement remuant et difficile à faire tenir en place. »

Parmi ces personnages fictifs à la biographie bousculée, Rastignac que Balzac prend pour exemple. Rastignac déjà rencontré dans *La Peau de chagrin* en 1831, de douze ans plus âgé alors que le jeune pensionnaire de la maison Vauquer ! Quant à Vautrin dont c'est ici la première apparition, il commence son propre cycle qui ne s'achèvera qu'avec *Splendeurs et misères des courtisanes*.

Tout cela ne va pas sans conséquence pour la lecture de « ce livre » que nous tenons. *Le Père Goriot* peut, certes, être lu indépendamment du reste de *La Comédie humaine*, mais si nous le resituons dans ce vaste ensemble, il en reçoit des éclairages nouveaux. À la lecture d'autres ouvrages les destins des héros se complètent, s'infléchissent, se modifient. Entrer dans l'univers de l'œuvre entière, c'est en posséder toutes les clefs, avoir accès à toutes les portes, les franchir quand bon nous semble, établir nos propres réseaux de significations. Michel Butor, grand Initié par degrés avant d'être lui-même initiateur, l'affirme en connaissance de cause ; pour lui *La Comédie humaine* « est un véritable mobile romanesque, un ensemble formé d'un certain nombre de parties, que nous pouvons aborder dans l'ordre que nous désirons [...] c'est comme une sphère, ou une enceinte, avec de multiples portes. [...] Mobile donc, *La Comédie humaine*, non seulement parce que l'on peut y entrer par n'importe laquelle de ces portes que constitue chacun des romans ou contes, mais aussi parce que dans ceux-ci, selon la situation qu'il occupe dans la société d'alors, et naturellement dans la nôtre avec toutes ses transformations en cours, le lecteur, la lectrice s'identifient à des personnages différents. Les relations racontées, dévoilées entre les personnages vont établir entre les différents lecteurs des relations renouvelées[1] ».

Différents lecteurs que nous sommes, invités donc à lire, après *Le Père Goriot*, d'autres romans de Balzac et sans doute : « Ainsi ferez-vous, vous qui tenez ce livre [...] vous qui vous enfoncez dans un moelleux fauteuil en vous disant : Peut-être cela va-t-il m'amuser. »

En attendant, entrons en Balzacie par la porte à claire-voie de la maison Vauquer : « Pension bourgeoise des deux sexes et autres », ce qui, en soi, est déjà tout un programme !

1. Voir la préface à l'édition du Livre de Poche (1983).

II

" CETTE HISTOIRE SERA-T-ELLE COMPRISE AU-DELÀ DE PARIS ? "

Question inquiète posée dès l'ouverture du roman par un narrateur sceptique : « Le doute est permis. » L'« effroyable tragédie » du père Goriot relève en effet d'un monstrueux spécifiquement parisien. Un Paris attelé au char d'une civilisation que les provinciaux, au sein de leurs villes archéologiques, envient parfois faute d'en mesurer les méfaits. Paris, unité de lieu ; Paris-enfer magistralement évoqué, déjà, dans le prologue de *La Fille aux yeux d'or*[1] ; Paris, « monstrueuse merveille[2] » : tôt, elle a fasciné le Tourangeau Balzac, flâneur impénitent et « amant » de la ville aux multiples visages qui, chacun à sa manière, sollicite « l'historien des mœurs ». Celui que nous offre *Le Père Goriot* est sombre, tout en « couleurs brunes » car « *Le Père Goriot* est une belle œuvre mais monstrueusement triste. Il fallait bien, pour être complet, montrer un égout moral de Paris et cela fait l'effet d'une plaie dégoûtante[3] ». *Le Père Goriot*, « histoire parisienne » dans l'édition originale de 1835, « scène de la vie parisienne » en 1843, lors de son entrée dans *La Comédie humaine*, avant d'émigrer en 1845 dans les « scènes de la vie privée » : pas de contradiction, mais une simple complémentarité. Rien là d'étonnant si l'on considère les deux profils de Paris dans le roman. Profil de lumière pour le devant de la scène où brille la haute société au cœur des beaux quartiers. Profil d'ombre pour les coulisses, pour l'envers du décor au cœur des quartiers sombres et silencieux, voire misérables comme ces lisières du faubourg Marceau où Balzac choisit délibérément de conduire son lecteur au seuil du roman. Là Paris n'est plus, là Paris est encore. Là vont se jouer dans un entrelacs serré une scène de la vie parisienne *et* une scène de la vie privée et nous serons conduits vers des espaces tout ensemble opposés et complémentaires, l'un par l'autre expliqués.

1. En 1834, peu avant *Le Père Goriot*.

2. L'expresion figure dans *Ferragus*.

3. Lettre à madame Hanska, 22 novembre 1834.

« On entre dans cette allée par une porte bâtarde surmontée d'un écriteau sur lequel est écrit : MAISON-VAUQUER, et dessous : *Pension bourgeoise des deux sexes et autres.* »
Rue du Puits-de-l'Ermite (Prison Sainte-Pélagie). Mention au fond de la photo : *Pension bourgeoise.* Photo Marville. Musée Carnavalet, Paris © Musées de la Ville de Paris by SPADEM, 1993.

L'ombre ne va pas sans la lumière. Lumière crue qui éclaire obliquement la mise à mort du rejeté, de l'exclu, victime sacrificielle comme le fut, comme l'est, parallèlement le colonel Chabert : en cette année 1835 qui voit l'achèvement et la publication du *Père Goriot*, Balzac enrichit de multiples ajouts la nouvelle publiée en 1832 dans la revue *L'Artiste* sous le titre *La Transaction*[1]. Son héros, tout comme Goriot, trouve refuge aux confins du « faubourg souffrant » et, à la fin de sa triste aventure, l'avoué Derville évoque le sujet même du *Père Goriot* : « J'ai vu mourir un père dans un grenier, sans sou ni maille, abandonné par deux filles auxquelles il avait donné quarante mille livres de rente ! » Chabert et Goriot : deux détresses en des temps parallèles et en des lieux voisins. « Nul quartier de Paris n'est plus horrible, ni, disons-le, plus inconnu. » Lieu oublié par « les plongeurs littéraires » et, pour cette raison sans doute, élu par Balzac. Lieu bien repérable sur les plans de l'époque, lieu aujourd'hui encore ponctué de traces balzaciennes tel le nom gravé dans la pierre de cette rue Neuve-Sainte-Geneviève juste au-dessus de la plaque où s'inscrit le nom actuel : rue Tournefort. Lieu bien réel donc et dont on a pu louer la réaliste description sans toujours voir, toutefois, qu'au-delà de l'espace topographique s'ouvrait immédiatement un espace symbolique. Ce que l'homme Balzac a vu et observé, l'écrivain le métamorphose, le transfigure. C'est sans doute pourquoi le référent précis se dérobe toujours au chercheur, si minutieux soit-il.

1. Qui deviendra en 1844 *Le Colonel Chabert* lors de son entrée dans *La Comédie humaine* aux côtés du *Père Goriot* (au tome II des *Scènes de la vie parisienne*).

Ainsi de la pension Vauquer et du quartier qui l'environne, inséparables l'un de l'autre.

Commençons par le quartier puisque l'écrivain choisit ici, comme souvent, de nous faire franchir progressivement des cercles concentriques qui nous mènent de l'extérieur vers l'intérieur, de l'espace large à l'espace restreint, le second lové consubstantiellement dans le premier. Ce quartier isolé, aux « rues serrées », aux murailles qui « sentent la prison », où le Parisien « s'égare », évoque irrésistiblement un labyrinthe, labyrinthe creusé comme jadis dans l'île de Crète au flanc d'une montagne : la montagne Sainte-Geneviève. Labyrinthe dont l'entrée est fléchée par le nom même de rue de l'Arbalète et dont, déjà, nous voilà prisonniers, descendant de « marche en marche » ainsi qu'aux Catacombes parmi des « cœurs desséchés » plus horribles encore à voir que des crânes vides. Première image de la mort en son cadre de bronze : cette rue Neuve-Sainte-Geneviève assombrie par le dôme du Panthéon qui y jette ses tons jaunes, une couleur souvent maléfique chez Balzac. Et l'angoisse nous saisit. Une angoisse déjà toute baudelairienne, celle qui « comprime le cœur comme un papier qu'on froisse » « quand le ciel bas et lourd pèse comme un couvercle[1] ». Spleen du Paris balzacien...

Comme nous sommes loin ici de la colline inspirée que représente, pour Michelet, cette même montagne Sainte-Geneviève couronnée de son glorieux Panthéon résumant tout Paris ! Loin de Victor Hugo élevant un hymne aux mille colonnes, « que le soleil

1. Premier vers d'un des poèmes des *Fleurs du mal* intitulé *Spleen* (n° LXXVIII).

levant redore chaque jour » ! Avec eux notre regard s'élève vers le ciel ; avec Balzac il s'abaisse vers l'étrange caverne dont nous allons franchir le seuil, à l'endroit précis où le terrain lui-même s'abaisse si fort vers la rue de l'Arbalète « que les chevaux la montent ou la descendent rarement ». En cas de mort par exemple : ces chevaux nous les verrons, à la fin de l'histoire, attelés au corbillard venant chercher Goriot pour le conduire au Père-Lachaise. Tout, alors, sera consommé. Le cercle fatal se refermera sur une ultime image de mort rejoignant la première au moment où la fosse réelle ouverte en terre des morts prend le relais des Catacombes symboliques. À la dernière page du livre comme à la première, le jour diminue : « Il est cinq heures et demie » et le vide des cœurs desséchés s'ouvre une fois encore devant nous. Vide de deux voitures armoriées qui n'ont pas su gravir au moment suprême la pente de cette rue où l'on a posé sur deux chaises misérables la bière à peine recouverte d'un drap noir... Ainsi, en effet, l'on ne saurait trop préparer l'intelligence du lecteur dès le commencement du récit « par des couleurs brunes, par des idées graves ». Et l'on ne saurait trop insister aussi sur le fait qu'aucune description balzacienne, si longue et minutieuse soit-elle, n'est autonome, indépendante du tout *organique* où elle s'inscrit, même et peut-être surtout s'il s'agit, comme ici, d'une description d'ouverture. Ouverture au sens musical du terme ; invite à déchiffrer la partition.

Entrons donc à notre tour, après tant

d'autres lecteurs fascinés par les lieux, dans cette fameuse « pension bourgeoise ». Sous ses apparences trompeuses et bonasses, la maison est elle-même labyrinthe mystérieux inscrit au cœur de son quartier labyrinthique. Lieu-refuge du « terrible sphinx » à la poitrine velue : Vautrin le Minotaure au « crin fauve », avide de jeunes gens et qui attend sa proie, tapi dans l'ombre silencieuse de cette « caverne ». Le « Jardinet » au rassurant diminutif, vu de près, est assez oppressant. Encaissé entre deux murs dont l'un est entièrement caché par un manteau de lierre, avec son cailloutis en cuvette et ses allées étroites longeant les murailles, où mènet-il ce *dedalus* minuscule ? À un couvert de tilleuls (travestis phonétiquement en « *tieuilles* » par madame Vauquer) sous lequel une table ronde entourée de sièges accueillera bientôt un étrange chevalier de provisoire désœuvrance s'efforçant d'adouber malgré lui le jeune noble provincial que la « Providence » lui envoie. Une « Providence » dont il se plaît à usurper le rôle tout comme il usurpe l'identité d'un honnête bourgeois inoffensif. Masque de Trompe-la-Mort, tout comme est trompe-l'œil l'arcade peinte en marbre vert pour simuler une architecture entrevue par la porte à claire-voie remplacée, le soir venu, par une porte pleine. Fausse transparence, vraie opacité... Fausse harmonie du lieu dénoncée aux yeux de l'observateur-poète (ainsi se nomme parfois le romancier, laissant rarement à l'un de ses personnages le soin de descriptions trop précieuses pour être déléguées) par des

« jalousies dont aucune n'est relevée de la même manière, en sorte que toutes leurs lignes jurent entre elles » (tout comme juraient entre eux les morceaux assemblés pour former l'ignoble masure du « nouriceure » Vergniaud, refuge du colonel Chabert).

Quelque chose décidément nous met mal à l'aise. Malaise croissant une fois franchie la porte-fenêtre qui donne accès au salon et à la salle à manger contiguë : « Croisées grillagées », fleurs artificielles et « encagées », « odeur sans nom dans la langue » — allusion discrète à ce « quelque chose qui n'a de nom dans aucune langue » : sous « l'odeur de pension », celle de la mort — salon-caveau qui « sent le renfermé, le moisi, le rance » et « donne froid ». Décor bien digne de la tragédie qui s'apprête, mais aussi subtilement annonciateur, sur le mode ironique cette fois, du voyage initiatique de Rastignac en pays parisien. Les parois de cet ignoble salon sont en effet tendues d'un papier verni représentant les principales scènes de *Télémaque*. Papier peint panoramique à la mode de l'époque, dont on a retrouvé le modèle dans les archives mais qui, au sein de la maison Vauquer, participe de ce vaste écart creusé entre l'apparence et la réalité cachée. Certes « Le festin de Calypso » excite tout d'abord et à bon droit les plaisanteries des pensionnaires et les nôtres car il est l'envers même des misérables repas qui leur sont servis, mais dans un second temps « l'amateur de symboles » convoqué quelques lignes plus haut par Balzac est invité à une autre lecture, celle que fait précisément Françoise Van Rossum-Guyon mesurant dans toute son ampleur la signification de cette « illustration » : « Pour qui se souvient des *Aventures de Télémaque* — et tous les lecteurs de Balzac à l'époque les avaient en mémoire — la pension apparaît, grâce à cette allusion, comme une réplique inversée et sordide de la caverne de Calypso : la misère s'est substituée à la simplicité et les " débris de la civilisation " [...] remplacent les merveilles de la Nature... Les images qui illustrent le salon annoncent ainsi le destin de Rastignac et on peut lire le récit de ses aventures comme une réécriture parodique du poème épique de Fénelon. Écrit en 1699 pour l'éducation d'un prince (le duc de Bourgogne), *Télémaque* représente en effet le prototype du roman d'éducation et d'apprentissage[1]. » Mais ce que Rastignac apprendra par la voix de son mentor diabolique est l'envers exact de ce qu'a appris le fils d'Ulysse. Nous y reviendrons le moment venu. Pour l'instant, poursuivons notre visite en entrant dans la salle à manger, auprès de laquelle le salon n'était qu'un « boudoir » ! Il nous faut donc encore descendre une marche. Ici les illustrations ne sont produites que par la crasse imprimant ses couches sur les murs « de manière à y dessiner des figures bizarres ». Figures du monstrueux en accord avec ces meubles « proscrits partout mais placés là comme le sont les débris de la civilisation aux Incurables », comme le fut Chabert à l'hospice de Bicêtre, comme l'est ici Goriot en harmonie dans son dernier décours avec cet

1. Préface de l'édition du Livre de Poche, p. XXVI.

25

endroit qui, justement « pue le service, l'office, l'hospice ». Cadre digne de ces débris humains déjà évoqués à la fin de *Ferragus* (en 1833), dans une troublante page où s'effacent, comme ici, les frontières entre l'animé et l'inanimé : « gens qui semblent être un mobilier acquis aux rues de Paris » ; figures « semblables à des arbres qui se trouvent à moitié déracinés au bord d'un fleuve, elles ne semblent jamais faire partie du torrent de Paris, ni de sa foule jeune et active. Il est impossible de savoir si l'on a oublié de les enterrer, ou si elles se sont échappées du cercueil ; elles sont arrivées à un état quasi fossile ». Dans la pension Vauquer, elles semblent avoir prêté leur âme et leur misère aux chaises « estropiées », aux paillassons « piteux », aux chaufferettes « misérables ». Mobilier « vieux, crevassé, pourri, tremblant, rongé, manchot, borgne, invalide, expirant » qui fascine Balzac, bien près de succomber à la tentation d'« en faire une description qui retarderait trop l'intérêt de cette histoire et que les gens pressés ne pardonneraient pas ». Gens pressés que nous sommes — plus encore hélas ! — que les premiers destinataires du *Père Goriot*. Il nous faut pourtant prolonger les perspectives ouvertes par de telles évocations balzaciennes. Elles ont le pouvoir enchanteur d'abolir notre espace familier pour lui substituer, le temps d'une lecture, l'espace de la fiction devenue notre réalité. Obsédante présence d'un espace-temps révolu...

Mais voici, surgissant dans ce cadre poisseux, l'inoubliable madame Vauquer précédée de son chat. Personnage majuscule qui « explique la pension comme la pension implique sa personne », d'où sa place ici, dans notre analyse. Erich Auerbach, nuançant le fameux « réalisme » balzacien trop souvent victime d'idées reçues, l'a fort bien situé dans sa vraie lumière, « la lumière douteuse d'un démonisme trivial et subalterne ». Personnage mystérieux, auréolé des prestiges de malheurs imprécis et d'une sorte de fantastique repoussant : œil vitreux, nez à bec de perroquet, pantoufles « grimacées » et vieille robe « lézardée » comme ses murs, n'est-elle pas un peu sorcière ? Insistant sur ce qu'il appelle ici le « défaut de rationalité du texte », Auerbach l'explique par les images qui « hantent » l'écrivain : « Le thème de l'unité du milieu l'a saisi lui-même avec tant de force que les choses et les gens qui le constituent prennent pour lui une sorte de signification seconde, différente de leur signification rationnelle et bien plus importante qu'elle, que l'on désignerait le mieux par l'adjectif " démonique ". Dans cette salle à manger aux meubles usés et minables, mais neutres pour un regard qui ne serait pas influencé par l'imagination, *suinte le malheur* [...], *s'est blottie la spéculation.* Des sorcières allégoriques se cachent au sein de ce quotidien trivial[1]. »

1. E. Auerbach, *Mimésis*, Gallimard, 1968, p. 467.

Une « trivialité » qui inspire bien davantage l'écrivain que les splendeurs des beaux quartiers et des grands hôtels dont nous franchissons néanmoins le seuil à diverses reprises aux côtés de Rastignac réalisant son

« Nul quartier de Paris n'est plus horrible, ni, disons-le, plus inconnu. »
Rue de la Clef. Photo Marville. Musée Carnavalet, Paris © Musées de la Ville de Paris by SPADEM, 1993.

rêve de « mettre le pied au faubourg Saint-Germain » et « le genou dans la Chaussée d'Antin ». Deux quartiers élégants, l'un fief de la vieille noblesse naguère longuement évoqué par Balzac dans *La Duchesse de Langeais*, l'autre étant plutôt le domaine des nouveaux riches. Dans ces quartiers, deux hôtels qui eux aussi sont labyrinthes réels et symboliques où le nouveau venu perd ses pas déconcertés : long « corridor obscur », « escalier dérobé » à l'hôtel de Restaud rue du Helder, mais aussi écheveau de secrets à démêler... Petites et grandes portes à franchir comme autant d'obstacles, grands salons chauds et fleuris, tapis moelleux. Luxueuse antithèse du salon Vauquer, ce prestigieux ensemble donne à Rastignac la mesure du chemin à parcourir entre les deux espaces. Nous n'en saurons guère davantage. Ici, pas de description exhaustive. Seuls quelques adjectifs expriment d'abstraites somptuosités. L'hôtel de Beauséant réserve un meilleur accueil au jeune provincial apparenté à la grande dame qui, généreusement, lui donne son nom « comme un fil d'Ariane » pour entrer au labyrinthe parisien « dont il doit trouver les issues », mais nous ne ferons qu'entrevoir ces « salons dorés » où se respire, parmi les fleurs rares, l'air du faubourg Saint-Germain...

Passant inlassablement les ponts qui le mènent d'une rive à l'autre de la Seine, de la rue Neuve-Sainte-Geneviève à la rue Saint-Lazare notamment (là demeure Delphine, pierre angulaire de son bel édifice d'ambitieux), Rastignac est sans doute trop absorbé dans ses pensées pour bien voir les espaces parisiens qu'il traverse, aussi ne sont-ils pas décrits, mais seulement évoqués. Le plus souvent par leur seul nom, et les itinéraires qui mènent de l'un à l'autre, si l'on veut les tracer sur un plan, laissent carrière aux conjectures.

Mis à part la pension Vauquer dont la longue description est semée d'indices annonciateurs du destin des personnages qu'elle rassemble (tous marqués, comme elle, d'un écart entre être et paraître où s'insinuent des énigmes progressivement dévoilées), nul lieu parisien isolé n'appelle commentaire.

Pour être compris, l'espace parisien du *Père Goriot* doit être perçu dans son ensemble et non fragmentairement. Il relève davantage de la spirale infernale de *La Fille aux yeux d'or* aspirant invinciblement les êtres vers « l'or et le plaisir » que de l'archéologie à l'œuvre, par exemple, dans *La Maison du chat-qui-pelote* ou de la physiologie des rues de Paris qui prélude à l'histoire de *Ferragus*. Maurice Bardèche[1] remarque à juste titre que tout le début de *La Fille aux yeux d'or* pourrait servir de préface au *Père Goriot*. Goriot meurt en effet de ce « rythme effrayant de la machine sociale », de Paris et de ses ravages dans tous les cercles de l'enfer. Car « Paris est un enfer, tenez ce mot pour vrai[2] ». *All is true*, reprend en écho notre texte. Tout est vrai à Paris, même l'inconcevable, et quand on est en enfer, il faut y rester comme le dira douloureusement Rastignac à Bianchon.

Alors, cette histoire peut-elle être

1. Voir *Balzac romancier*, Plon, 1943, p. 336.

2. Voir le prologue de *La Fille aux yeux d'or*.

1. Tels, par
exemple, Victur-
nien d'Esgrignon
(voir *Le Cabinet des
Antiques*) et Calyste
du Guaisnic (voir
Béatrix).

comprise au-delà de Paris, au sein de ces trop
calmes provinces où de jeunes ambitieux[1]
rêvent inlassablement d'échapper à leurs
« cabinets des Antiques » pour tenter de cap-
turer ces « beaux oiseaux bleus » qui, tous,
viennent de Paris ? Provinces où les lectrices
à la blanche main, sœurs d'Eugénie Grandet,
sont vouées comme elle au contresens de lecture des êtres et des choses de la capitale tra-
versant un instant leur espace coutumier. Le
plus souvent, instant de douloureuse fulgu-
rance...

Au fond, peut-être n'y a-t-il de *Comédie
humaine* que de Paris ? Le grand moment
venu, Balzac aura parfois du mal à rattacher
sans artifice les *Scènes de la vie de province* et
les *Scènes de la vie de campagne* « au cours
vivant et sans cesse renouvelé de *La Comédie
humaine* ». Sur ce point encore, nous sommes
d'accord avec Maurice Bardèche : *Pierrette,
Ursule Mirouët, La Rabouilleuse, La Vieille
Fille* sont « des romans isolés [...] ils appartiennent à *La Comédie humaine* parce qu'ils
décrivent les effets réalisés sur la province
par la pensée créatrice du système dramatique de Balzac mais ils ne se rattachent pas,
en réalité à la grappe de personnages de
La Comédie humaine [...] par leurs caractères techniques, ils constituent un groupe
d'œuvres indépendantes qui se rattachent
directement aux œuvres de 1833, c'est-à-dire
aux romans antérieurs à l'invention de *La
Comédie humaine* et qui n'ont pas subi, au
moins directement, l'influence des techniques nouvelles que les intrigues implexes
ou la réapparition des personnages contrai-

31

gnirent Balzac à inventer. [...] On peut changer la couleur des yeux d'un personnage pour lui donner un autre nom ; il est plus difficile de lancer *Eugénie Grandet* dans le mouvement planétaire de *La Comédie humaine*[1] ».

1. *Balzac romancier, op. cit.*, p. 363.

Pour comprendre vraiment l'histoire du *Père Goriot* en 1834, peut-être faut-il être « monté » à Paris plein d'illusions comme Rastignac puis, les perdant peu à peu, passer insensiblement, comme malgré soi, de l'Être à l'Avoir au cœur même de la fournaise toujours recommencée ? Et actuellement, plus d'un siècle et demi après la publication du roman, qu'en est-il ? Sans doute le lecteur contemporain, quotidiennement abreuvé de plus « effroyables tragédies », n'aura-t-il pas versé de larmes « *intra muros* et *extra* ». La distinction ayant d'ailleurs perdu sa pertinence depuis que « le char de la civilisation » a renversé dans sa course ces murs-là et bien d'autres plus difficiles à abattre. Et pourtant !... Pourtant *Le Père Goriot*, franchissant les frontières, n'a cessé d'agrandir le cercle de ses lecteurs à travers le monde. C'est l'un des ouvrages les plus traduits de Balzac, les plus commentés, car comme toute grande œuvre, il transcende l'époque de sa création.

III   " 1819, ÉPOQUE À LAQUELLE CE DRAME COMMENCE "

L'ÉPOQUE

1. Voir Dossier, p. 144.

Balzac hésita quelque peu sur la date, le manuscrit oscillant entre 1820 et 1824 avant de s'arrêter à 1819[1]. Quoi qu'il en soit, ce qui importe ici c'est *l'écart* entre la date de l'action et celle de la rédaction. Entre les deux, en effet, se place un événement capital : la révolution de 1830 et la retombée des espoirs qu'elle a vus naître. Désillusion dont *La Peau de chagrin*, quasi contemporaine des faits, se faisait l'écho dès 1831.

Le Père Goriot, roman de la Restauration écrit sous la Monarchie de Juillet, invite à une lecture stéréoscopique, à la mise en perspective d'une société où « le principe Honneur » a décidément été remplacé par « le principe Argent ». L'Argent, maître mot et obsession des pensionnaires de la maison Vauquer dont la réunion offre « en petit les éléments d'une société complète ». Personnages rassemblés par le hasard dans cette hôtellerie, case initiale pour les uns, finale pour les autres, du vaste jeu de l'oie proposé par l'Histoire et ses coups de dés à ces hommes-pions dont « les faces froides, dures, effacées comme celles des écus démonétisés » s'apparentent aux traditionnelles marques de joueurs (qui souvent étaient des pièces de monnaie). Tous à leur manière et pour des motifs différents ont besoin d'or. Tous « hommes à passions » vilainement ou noblement coupables. Passions d'en bas reflétées en haut par les miroirs de la meilleure société. Les salons de madame de Beauséant à l'heure du bal sont animés par « les plus belles femmes de Paris » et « les hommes les plus distingués de la cour », « chamarrés de croix, plaques et cordons multicolores », mais ils dissimulent une mise à mort, une agonie morale : celle de la vicomtesse elle-même qui, stoïquement, souffre et meurt sans parler, abandonnée par son amant pour l'or d'une héritière. Comme nous partageons la tristesse désabusée de Rastignac à cette heure suprême où madame de Beauséant fait ses adieux au monde et où Goriot se meurt ! Sous la magnificence endiamantée des deux sœurs, mesdames de Nucingen et de Restaud, il voit « le grabat sur lequel gît le père Goriot ». Surimpression des images au point de tangence de deux cercles de l'enfer parisien. Ce point douloureux, c'est précisément Goriot, le « vieux quatre-vingt-treize », témoin gênant d'un passé que la Restauration s'efforce de gommer, Révolution et Empire englobés dans une même réprobation. Cela sans doute n'est pas insignifiant. Peu importe que Balzac soit pris, parfois, en flagrant délit de négligence chronologique, qu'il entasse au prix de la vraisemblance quantité d'événements dans un trop court laps de temps[1] (l'action se déroule de la fin novembre 1819 au 21 février 1820) : il n'en a pas moins le sens

1. Voir Dossier, p. 170.

de l'Histoire et, en historien moderne, inscrit le temps court dans la longue durée, « voyant » bien au-delà de ses personnages en amont et en aval...

Nicole Mozet invite à la réflexion en situant le personnage du père Goriot dans une perspective historique trop souvent négligée au profit du drame privé. « Le père Goriot, le seul qui se souvienne encore, dit-elle, parce que son bonheur à lui est du côté du passé. À cause de cela même, mieux vaut qu'il disparaisse »... « À travers Goriot, l'ancien ouvrier vermicellier qui fit fortune en 1793, c'est le spectre révolutionnaire qui est visé. Non pas la Révolution pure et dure de Robespierre, mais celle du despotisme impérial. Il y a du Napoléon chez Goriot. Pas le vainqueur d'Austerlitz, bien entendu, mais le prisonnier de Sainte-Hélène, lui aussi en butte aux tracasseries de son geôlier. L'irrésistible déchéance du vieillard, qui fait pendant à la résurrection splendide et éphémère de la noblesse d'Ancien Régime, emprunte d'ailleurs les mêmes dates que le calvaire de l'Empereur déchu. Goriot abandonne son fonds de commerce en 1813, au moment de Leipzig, la première grande défaite subie par Napoléon, et c'est en 1815, en même temps que Waterloo, que le bonhomme entame son exil personnel à l'intérieur de la Maison-Vauquer[1]. »

1. Livre de Poche, p. 354.

Troublantes coïncidences en effet, et de surcroît la mort de Goriot précède de peu celle de Napoléon. Ainsi la paternité pathologique du vieil homme aurait-elle une signification politique. Il est vrai que pour Balzac,

35

la famille est une image réduite de la société, régie par les mêmes lois.

Écrivant en 1834 et voyant par cela même plus loin que ses personnages, l'auteur « dépeint avec une certaine délectation l'aristocratie du faubourg Saint-Germain profit[ant] des dernières lueurs d'une gloire destinée à s'anéantir sous les coups de la révolution de 1830[1] ».

Révolution d'une bourgeoisie triomphante qui bientôt, au-dessus de la Charte, élèvera, nouvelle hostie, « la Sainte, la vénérée, la solide, l'aimable, la gracieuse, la belle, la noble, la jeune, la toute-puissante pièce de cent sous[2] ! » adorée par les individus du « genre Crevel ». Ostensoir dont les rayons frappent déjà les protagonistes du *Père Goriot*... Le temps des ferveurs retombées est proche. Bientôt arrivera le règne de ce type d'individus enfanté par 1830 tel que le décrit Balzac dans *La Cousine Bette* : « Monsieur Hulot fils était bien le jeune homme tel que l'a fabriqué la révolution de 1830 : l'esprit infatué de politique, respectueux envers ses espérances, les contenant sous une fausse gravité, très envieux des réputations faites, lâchant des phrases au lieu de ces mots incisifs, les diamants de la conversation française, mais plein de tenue et prenant la morgue pour la dignité. Ces gens sont des cercueils ambulants qui contiennent un Français d'autrefois ; le Français s'agite par moments, et donne des coups contre son enveloppe anglaise ; mais l'ambition le retient, et il consent à y étouffer. Ce cercueil est toujours vêtu de drap noir. »

1. Livre de Poche, p. 353-354.

2. Voir *La Cousine Bette*.

Restauration : temps de l'action sur lequel la monarchie de Juillet, temps de l'écriture, jette sa lumière anticipatrice. Une monarchie de Juillet qui sera témoin de l'irrésistible ascension de Rastignac[1], mais ceci est une autre histoire, ou plutôt la suite de celle-ci car il y a toujours un « à suivre » dans *La Comédie humaine*.

1. Voir Dossier, p. 227-228.

LE DRAME

Avant de consacrer les analyses qu'elles méritent aux trois grandes figures qui dominent le roman (Goriot, Vautrin et Rastignac), il faut ici évoquer les autres éléments de la petite société qui sert de toile de fond aux grands rôles du drame. Chacun des pensionnaires de la maison Vauquer fait, à sa manière, « pressentir des drames accomplis ou en action, non pas de ces drames joués à la lueur des rampes, entre des toiles peintes, mais des drames vivants et muets [...] des drames continus » (p. 32).

« Pressentir », « muets » : mots clefs. Au lecteur donc d'essayer les serrures, de faire parler les signes, d'interpréter les silences. Certes, ils sont peu nombreux, ces seconds rôles, pour représenter une société complète, mais leur génial metteur en scène parvient en quelque sorte à les multiplier, auréolant chacun d'eux d'une espèce de lumière cendrée, inquiétante, dont il a le secret. Ainsi sommes-nous invités, à partir d'un fragment de destin, non seulement à tenter de le reconstituer tout entier mais encore à en imaginer d'autres possibles pour un même personnage. Dans les silences calculés de Balzac, dans le jeu subtil des suggestions, des questions, notre imaginaire insensiblement se glisse, prolongeant les perspectives ouvertes. Ici, par le biais de métaphores multiples, c'est dans le monde de l'animalité que l'écrivain inscrit les pensionnaires, fidèle en ceci à l'Avant-propos de *La Comédie humaine* affirmant en 1842 : « Il existera [...] de tout temps des espèces sociales comme il y a des espèces zoologiques. »

Il y a parfois, dans *Le Père Goriot*, comme une tentation lafontainienne. Ainsi Poiret semble avoir été « l'un des ânes de notre grand moulin social » (p. 34), un « de ces Ratons parisiens qui ne connaissent même pas leurs Bertrands ». La Michonneau a la voix clairette d'une cigale criant de son buisson aux approches de l'hiver. Madame Vauquer trottine comme « un rat d'église », elle est pourvue d'un œil de pie et dort comme une marmotte. Références à un bestiaire connu, familier. Ménagerie de la pension Vauquer sous la plume d'un Balzac caricaturiste. Les pensionnaires se repaissent « comme des animaux à un râtelier » où éclatent parfois « quelques imitations des diverses voix d'animaux » (p. 240). Soit, à première lecture, rien là de très inquiétant ni même de très original, mais à y regarder de plus près, on a l'impression d'avoir affaire à d'étranges *mutants*. Comme tout à l'heure parmi les meubles, on est saisi de malaise, la monstruosité guette. Là s'effacent les rassurantes et traditionnelles frontières entre les règnes humain, animal, végétal, minéral... Attardons-nous un instant à Poiret. « Dessiné en caricature », il fait rire. *Poiret*, comme ces *poires* qui peut-être s'étalent en espaliers au long des allées du Jardin des Plantes, sa promenade favorite. « Face bulbeuse » qui là encore relève du végétal. Oui, mais surmontant « un cou de dindon » et surtout un étrange corps sans épaisseur : « Quel travail avait pu le ratatiner ainsi ? » « Espèce de mécanique », il renvoie implicitement à la grande roue parisienne où pas une dent ne manque à mordre sa rainure dans *La Fille aux yeux d'or*. Rien de vivant en lui. C'est une sorte d'automate hoffmannesque, squelette ambulant sous « les pans flétris de sa redingote » et sa « culotte presque vide ». Appuyé sur sa « canne à pomme d'ivoire jauni » comme un crâne, il sent la mort. Ombre grise, « ombre chinoise » en harmonie avec l'ombre projetée sur le quartier dès la première page du livre. Ombre gigogne, car elle en appelle d'autres et soudain le rire se fige face aux hypothèses du narrateur. « Peut-être avait-il été employé au ministère de la Justice, dans le bureau où les exécuteurs des hautes œuvres envoient leurs mémoires de frais, le compte des fournitures de voiles noirs pour les parricides, de son pour les paniers, de ficelle pour les couteaux » (p. 34).

N'est-ce pas déjà, en sourdine, le ou plutôt les thèmes du drame à venir où les premiers rôles seront tenus par deux élégantes parricides et un bagnard évadé, criminel impénitent ? Vu ainsi dans l'ombre de l'échafaud et d'une possible justice, Poiret « l'idé-

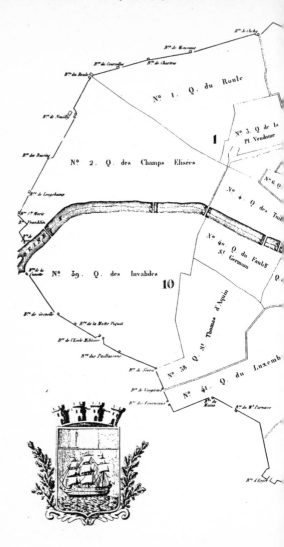

Bᵉ de Clichy

Bᵉ de Monceaux

Bᵉ de Courcelle
Bᵉ de Chartres

Bᵉ du Roule

N° 1. Q. du Roule

N° 3. Q. de la
Pl. Vendome

1

Bᵉ de Neuilly

N° 6 Q.

Bᵉ des Bassins

N° 2. Q. des Champs Elisées

N° 4 Q. des Tuil

Bᵉ de Longchamp

Bᵉ Sᵗᵉ Marie
Bᵉ Franklin

N° 40 Q. du Faubg
St Germain

N° 39. Q. des Invalides

10

Bᵉ de la
Cunette

Bᵉ de Grenelle
Bᵉ de la Motte Piquet

Q. St Thomas d'Aquin

Bᵉ de l'Ecole Militaire

Bᵉ des Paillassons

Bᵉ de Sèvre

N° 38 Q. St Thomas d'Aquin

N° 41. Q. du Luxemb

Bᵉ de Vaugirard

Bᵉ des Fourneaux

Bᵉ du
Maine

Bᵉ du Mt Parnasse

Bᵉ d'Enfer

« Les particularités de cette scène pleine d'observations et de couleurs locales ne peuvent être appréciées qu'entre les buttes de Montmartre et les hauteurs de Montrouge [...] »
Tableau des arrondissements et des quartiers de Paris. *Petit atlas pittoresque des 48 quartiers de Paris*, 1834. Bibliothèque nationale, Paris.

miste », sorte de résidu burlesque du chœur de la tragédie antique, prend un singulier relief, surtout quand on sait rétrospectivement le rôle qu'il joue en coulisse aux côtés de la Michonneau. Car l'un ne va pas sans l'autre, « Poireau et Michonnette » comme dit la grosse Sylvie, les deux font la paire et la seconde dépasse le premier en inquiétante étrangeté. « Vénus du Père-Lachaise », elle est à soi seule une allégorie de la mort : châle à « franges maigres et pleurardes » qui semble couvrir un squelette, figure « rabougrie » qui menace, voix de « fausset » (bien faite pour les dénonciations !), la brève évocation de son passé semble, elle aussi, annoncer l'avenir proche : n'a-t-elle pas pris soin d'un vieux monsieur abandonné par ses enfants ? Ainsi, sur le mode mineur, apparaît le thème des souffrances de Goriot.

En contraste : Victorine Taillefer. Son doux visage résigné dément le terrible nom qu'elle porte. Un nom qui sent la croisade louche, porté par cette fine créature dont la grâce évoque « les statuettes du Moyen Âge » mais aussi le « ramier blessé » et « l'arbuste » trop grêle aux feuilles jaunies, quelle dissonance et quelle injustice ! Plante fragile, elle pourrait dans un autre terreau devenir aussi belle que Delphine et Anastasie : « Si la joie d'un bal eût reflété ses teintes rosées sur ce visage pâle ; si les douceurs d'une vie élégante eussent rempli, eussent vermillonné ces joues déjà légèrement creusées ; si l'amour eût ranimé ces yeux tristes, Victorine aurait pu lutter avec les plus belles jeunes filles » (p. 35).

À tous égards, elle est *l'envers* des filles Goriot. Abandonnée par un père dénaturé, elle l'aime néanmoins fidèlement et rêve de pouvoir l'approcher, lui parler. Elle est auréolée de toute la puissance du virtuel et, là encore, on se plaît à imaginer les destinées diverses que le hasard pourrait lui réserver. « Son histoire eût fourni le sujet d'un livre », dit Balzac. Plus précisément d'un *mélodrame* : jeune, belle, pauvre, pieuse, orpheline de mère et reniée par son père, recueillie par une austère parente, Victorine a bien le profil type du genre. Elle aime un beau jeune homme dont elle se croit aimée et qui va l'abandonner au moment précis où elle devient (grâce à un meurtre déguisé en duel !) une riche héritière...

À nous d'imaginer sa douleur et sa déception face à l'abandon du traître Rastignac qui vient d'échanger avec elle « les plus douces promesses » (p. 230), à nous d'imaginer son avenir de jeune fille riche, ses prétendants : roman en suspens, livre imaginaire enchâssé dans le livre écrit, livre en quête d'auteurs...

Balzac, si souvent tenté, parallèlement à *La Comédie humaine*, par le théâtre, ponctue lui-même son texte d'expressions révélatrices de la « théâtralité » à l'œuvre dans *Le Père Goriot*. Ainsi à la fin de la première partie (« Une pension bourgeoise ») écrit-il : « Ici se termine l'exposition de cette obscure mais effroyable tragédie parisienne » ; à l'instar de la tragédie classique, elle suscite terreur et pitié dans l'âme de Rastignac « épouvanté » et dans la nôtre. Rastignac, spectateur avant de devenir acteur, prête son regard de témoin « horrifié » au lecteur. Pitié avant tout — nous y reviendrons — pour cette pathétique réincarnation bourgeoise du roi Lear qu'est Goriot. *All is true :* dans la première édition de l'ouvrage, ces mots expressément attribués à Shakespeare étaient placés en épigraphe et l'on sait, par ailleurs, l'admiration de Balzac pour le dramaturge anglais. Comme lui il obéit ici, semble-t-il, au mélange des registres.

UN MÉLANGE DES GENRES

L'effroyable tragédie devient parfois tragi-comédie ponctuée de dialogues étourdissants, de mots pris comme des volants qu'on se renvoie sur des raquettes (p. 80), mots en « rama » — ramage drolatique, tics de langage, gages qu'on inflige à la victime affligée d'un nez dont se souviendra peut-être l'auteur de *Cyrano de Bergerac*[1] :

1. D'Edmond Rostand.

« — Votre nez est donc une cornue [...]
— Cor quoi ? fit Bianchon.
— Cor-nouille.
— Cor-nemuse.
— Cor-naline.
— Cor-niche.
— Cor-nichon.
— Cor-beau.
— Cor-nac.
— Cor-norama.

Ces huit réponses partirent de tous les côtés de la salle avec la rapidité d'un feu de file, et prêtèrent d'autant plus à rire, que le pauvre père Goriot regardait les convives d'un air niais, comme un homme qui tâche de comprendre une langue étrangère » (p. 83).

À côté de ce type de scènes, des scènes hautement dramatiques, telle l'arrestation de Trompe-la-Mort devant les pensionnaires, spectateurs médusés par ce rebondissement. Drame entrecoupé, à l'occasion, d'intermèdes musicaux : Vautrin fredonne les airs à la mode, madame de Restaud pianote et pousse la romance. Ajoutons à cela la fréquentation assidue des théâtres en vogue par les protagonistes, ce qui nous vaut parfois du théâtre dans le théâtre, comme la scène de présentation de Rastignac à madame de Nucingen dans une loge aux « Italiens » : spectacle suivi à la lorgnette par le Tout-Paris.

Cependant, le théâtre n'est pas le seul genre au travail dans *Le Père Goriot*. Il présente parfois des situations qui appellent la référence au conte de fées. La rivalité des deux sœurs, par exemple, Delphine et Anastasie, la blonde et la brune jalouses l'une de l'autre, soucieuses de paraître au bal dans des atours à éclipser toutes les autres beautés de la cour. Voyez Anastasie, magnifique dans sa robe de lamé, parée de tous ses diamants, et Delphine coiffée et chaussée « à ravir », heureuse de l'effet qu'elle produit au milieu de ce bal digne lui-même d'un conte de fées, en cet hôtel de Beauséant éclairé par les lanternes de cinq cents voitures ! Pendant ce temps, le père Goriot se meurt dans une chambre digne, elle, de Cendrillon, sombre envers de l'espace lumineux qui verse la folie à ce bal tournoyant. Goriot-Cendron qui n'a pas même de cendres à remuer dans son âtre aussi froid que le cœur de ses filles.

Quant à Rastignac, étourdi chez sa belle cousine « par les scintillements d'une richesse merveilleuse », n'est-il pas le Prince charmant ? « Métamorphosé » par ses beaux habits tout neufs qui lui donnent enfin « l'air d'un gentilhomme » (p. 169), le voilà qui « marche d'enchantements en enchantements » grâce au coup de baguette magique de la bonne fée-marraine adroitement sollicitée : « Si vous connaissiez la situation dans laquelle se trouve ma famille [...] vous aimeriez à jouer le rôle d'une de ces fées fabuleuses qui se plaisaient à dissiper les obstacles autour de leurs filleuls » (p. 105). Quelques moments après, « il fut emporté près de madame de Beauséant, dans un coupé rapide, au théâtre à la mode, et crut à quelque féerie lorsqu'il entra dans une loge de face, et qu'il se vit le but de toutes les lorgnettes concurremment avec la vicomtesse, dont la toilette était délicieuse » (p. 170). Prince charmeur aussi, bel oiseau bleu des rêves de Victorine capable de transfigurer les lieux les plus sordides : « Victorine croyait entendre la voix d'un ange, les cieux s'ouvraient pour elle, la Maison-Vauquer se parait des teintes fantastiques que les décorateurs donnent aux palais de théâtre. [...] Pauvre fille ! un serrement de mains, sa joue effleurée par les cheveux de Rastignac » : ces *menus suffrages* suffisent à rendre « radieuse » l'ignoble salle à manger. Féerie d'un instant grâce à ce prince paré de tous les dons :

beauté, jeunesse, élégance, en attendant la richesse qui s'annonce.

À l'opposé : l'affreux, le monstrueux Nucingen, « tête de veau sur un corps de porc » (p. 236), et l'implacable Restaud-Barbe-Bleue : « " Anastasie, m'a-t-il dit d'une voix... (oh ! sa voix a suffi, j'ai tout deviné), où sont vos diamants ? " Chez moi. " Non, m'a-t-il dit en me regardant, ils sont là sur ma commode. " Et il m'a montré l'écrin qu'il avait couvert de son mouchoir. " Vous savez d'où ils viennent ? " m'a-t-il dit. Je suis tombée à ses genoux... J'ai pleuré, je lui ai demandé de quelle mort il voulait me voir mourir » (p. 305). Tout comme à Barbe-Bleue, il faut jurer de lui obéir « sur un seul point », sinon le châtiment sera terrible (p. 305).

Conte de fées qui mal s'achève, contrairement aux lois du genre. Triomphe du Réel sur l'Imaginaire : ALL IS TRUE...

Oui, décidément, ce « drame » qui « n'est ni une fiction ni un roman » comme l'affirme Balzac, soucieux d'abolir les frontières entre fiction et réalité, est bien lieu de brassage de tous les genres répertoriés et, d'une certaine façon, subvertis. Par là même il propose une définition très ouverte du roman et cela « dans le mouvement même de l'écriture », comme le dit Pierre Barberis. Drame voulant dire ici histoire dramatique, le drame ne se définissant plus par des règles « mais bien par un contenu et par un signifié courageusement assumés[1] », lesquels interdisent toute lecture superficielle, de pur divertissement. Le roman balzacien se veut toujours instru-

1. Voir P. Barberis, « *Le Père Goriot* », *de Balzac. Écriture, structures, significations*, Larousse, 1972.

ment de connaissance et de réflexion. Réflexion à tous les sens du terme. Vautrin est parfois le miroir révélateur d'un Goriot insoupçonné et le miroir annonciateur d'un Rastignac plus cynique qu'il ne le pense lui-même. Goriot, Vautrin, Rastignac : trois âges de la vie, trois angles d'un triangle où s'inscrit l'œil redoutable de leur créateur.

IV "DU JOUR OÙ J'AI ÉTÉ PÈRE, J'AI COMPRIS DIEU"

Au sommet, Golgotha de ce triangle : le « Christ de la Paternité ».

Balzac a-t-il connu Goriot ? La critique s'est efforcée de répondre à la question[1], a trouvé les traces d'un Goriot marchand de farine connu à la Halle au blé à la fin du XVIIIe siècle et d'autres Goriot encore, mais le seul qui nous importe ici c'est celui qui donne son nom à notre roman, ce Goriot transfiguré par l'art et la passion qui nous interpelle, pose des questions plus essentielles à nos yeux que celle de ses possibles modèles dans la réalité.

1. Voir Dossier, p. 177.

L'AMBIGUÏTÉ

À la pension Vauquer où il séjourne depuis 1813, cet ancien fabricant de vermicelle, de pâtes d'Italie et d'amidon, se laisse nommer le « père Goriot » ; père sans majuscule, père au sens péjoratif du terme, entaché de mépris. Vieillard « d'environ soixante-neuf ans », il se réfugie dans un silence hébété qui ouvre carrière aux conjectures les plus malveillantes des autres pensionnaires et suscite leurs quolibets : sans doute est-ce l'abus des plaisirs qui en a fait un « colimaçon », un « mollusque » ; c'est un « vieux matou », un « vieux drôle », un « avare », un « sournois »...

Cependant, si l'on y regarde d'un peu plus près, c'est déjà un visage christique qui s'offre à nos déchiffrements. Ce « Patiras » est une sorte de Christ aux outrages « sur lequel un peintre aurait, comme l'historien, fait tomber toute la lumière du tableau » (p. 40). Dans la face devenue maigre, « la bordure rouge » des yeux bleus pâlis semble pleurer du sang et sous les railleries de ses bourreaux qui mettent en doute sa paternité, il tressaille comme si on « l'eût piqué avec un fer », comme tressaillit sans doute le Christ en croix sous le coup de lance perçant son flanc... Les trois étapes de sa déchéance rappellent par ailleurs les trois chutes de la montée au calvaire.

Au début de son séjour à la pension Vauquer, « Monsieur Goriot », négociant distingué, y occupe au premier un appartement de trois chambres puis, réduisant sa pension il passe au second étage et n'est plus que le « père Goriot ». Vers la fin de la troisième année il est enfin relégué au troisième étage, dépouillé de tout dans une mansarde infâme, réduit à l'état de « zéro de Réaumur ». Perte d'identité progressive jusqu'à l'ultime reniement. Identité vacillante jusque dans les propos légitimistes de la duchesse de Langeais ! Ce « Foriot », ce « Moriot », ce « Loriot », ce « Doriot » (p. 97), qui est-il ? Tout juste une tache de cambouis dans le salon *Restau*ration de madame de *Restau*d. Tache aussi sur une page d'histoire qu'on voudrait bien arracher : celle de 93 et des « coupeurs de têtes » avec lesquels Goriot se serait compromis. À dire vrai, identité parfois vacillante aussi pour le lecteur, bien que dans une autre perspective. Avant Freud, Balzac sait d'instinct que le moi est multiple. Il y a deux madame de Beauséant dans la même femme et « deux ou trois hommes dans un jeune homme de Paris » (p. 211) comme Rastignac. Chacun des grands héros balzaciens est déjà en proie à la double postulation simultanée baudelairienne : l'une vers Dieu, l'autre vers Satan. Ainsi du père Goriot.

Certes, sa terrible agonie rachète ses fautes passées, mais sans toutefois les faire complètement oublier. Cette radieuse figure a ses zones d'ombre. L'excès tout balzacien de son incandescente passion paternelle frôle parfois l'indécence et crée le malaise. Le romancier souligne à maintes reprises l'ambiguïté des comportements de son personnage : il « ressemble à un amant » ; il se frotte à la robe de sa Dédel, l'étreint sauvagement, lui baise l'oreille, se couche à ses pieds pour les baiser, tant et si bien qu'il finit par susciter la jalousie d'Eugène. Fétichiste de surcroît, ne supplie-t-il pas le jeune homme de lui donner le gilet qui a recueilli les larmes de Delphine ? « Oh ! je vous en achèterai un autre, ne le portez plus, laissez-le-moi » (p. 204).

Être fruste, tout d'instinct, son « sentiment irréfléchi » l'élève certes « au sublime de la nature canine », mais il n'en reste pas moins marqué du sceau de l'animalité. Il « flaire » le pain, le papier à lettres de ses filles, voudrait être « le petit chien qu'elles ont sur leurs genoux » (p. 164). Enfin, il fait « des folies » comme en ferait « l'amant le plus jeune et le plus tendre » (p. 283) : on ne saurait mieux dire et l'on comprend alors les réticences de Delphine face à l'avenir (radieux aux yeux du père Goriot) qui attend le trio rue d'Artois — « Voyez-vous, dit-elle à Eugène, ce sera pourtant bien gênant quelquefois » (p. 284).

LA PROFANATION DE L'HOSTIE

Goriot est une sorte d'hostie par soi-même profanée. Le pur froment auquel il fut lié par son métier, il l'a transmué en or, il a édifié à partir de lui une fortune destinée à combler de biens matériels ses créatures, ses filles qu'il « aime mieux que Dieu n'aime le monde » (p. 182). Il a commis ainsi le péché de confusion entre Être et Avoir. Il n'est pas comme Dieu celui qui *est* mais celui qui *a* et pense que tout, même l'amour filial, peut s'acheter.

Si, chez lui, le côté face est sublime, le côté pile de ce vieil écu démonétisé, la face d'ombre, semble parfois bien proche de Vautrin. Forgeron du diable œuvrant nuitamment à convertir en lingots son service de vermeil, il est capable de déployer une force herculéenne, son « bras nerveux [...] pétriss[ant] sans bruit l'argent doré, comme une pâte » (p. 62). Là encore, profanation : c'est l'argent qui devient pain de vie, pâte dorée par ce pétrissage équivoque.

« L'argent c'est la vie, monnaie fait tout » (p. 298) : cette devise pourrait être signée Vautrin, et tout comme le forçat évadé, Goriot se sent capable de commettre vols et meurtres, prêt « à faire sauter la banque », à tuer ses gendres en leur « coupant le cou ». « Vieux quatre-vingt-treize » altéré de vengeance, tigre qui rêve et jure par le sacré nom de Dieu de « déchiqueter, de brûler à petit feu » celui qui fera mal à l'une ou l'autre de ses filles. Lui-même d'ailleurs souligne cette sombre parenté, cette soif de dévouement dévoyé : « Je me voue à celui qui te sauvera, Nasie ! je tuerai un homme pour lui. Je ferai comme Vautrin, j'irai au bagne » (p. 311).

Sur « l'oreiller du mal c'est Satan trismégiste[1] » qui berce longuement son esprit enchanté jusqu'au désenchantement final, jusqu'à cette terrible et lucide solitude de l'agonie qui est aussi temps de sa rédemption.

1. Voir le poème des *Fleurs du mal* de Baudelaire, intitulé *Au lecteur*.

ECCE HOMO

Le long et célèbre récit de la mort du père Goriot ne doit pas être lu comme un morceau d'anthologie. Il est absolument inséparable de tout ce qui précède ce moment où, tous les signes s'inversant, la triste vérité apparaît enfin en pleine lumière au mourant. L'heure du rachat par la souffrance est venue pour celui qui aurait vendu « le Père, le Fils et le Saint-Esprit » afin d'éviter une larme à ses filles, celles-là mêmes qui le mettent en croix alors qu'il pense avoir enfin acheté son paradis sur terre.

Au soir de l'heureuse intronisation de Rastignac rue d'Artois, il a eu l'imprudence de s'écrier : « Le bon Dieu peut me faire souffrir tant qu'il lui plaira, pourvu que ce ne soit pas par vous [...]. Je puis aller en enfer, mon voisin [...]. S'il vous faut ma part de paradis, je vous la donne » (p. 283).

Or, à quelques jours de là, c'est bien l'enfer car « pour un père, l'enfer c'est d'être sans enfants » (p. 340) et ni l'une ni l'autre de ses filles ne seront à son chevet au moment suprême : « Aucune [...]. Elles ont des affaires, elles dorment, elles ne viendront pas. Je le savais. Il faut mourir pour savoir ce que c'est que des enfants [...]. Non, elles ne viendront pas ! Je sais cela depuis dix ans. Je me le disais quelquefois, mais je n'osais pas y croire » (p. 343).

Implacable lucidité de ces dernières heures. Bouleversante confession : « Tout est de ma faute » ; « en ce moment je vois ma vie entière, je suis dupe », « j'avais trop d'amour pour elles pour qu'elles en eussent pour moi » (p. 348).

Tandis qu'il souffre dans sa chair un « cruel martyre », il récapitule en esprit toutes ses fautes passées : « mes filles, c'était

« Le surplus des parois est tendu d'un papier verni représentant les principales scènes de *Télémaque* [...] »

Paysage de Télémaque dans l'île de Calypso.

Manufacture Dufour vers 1818. Photo Musée des Arts décoratifs / Laurent Sully Jaulmes, Paris.

mon vice à moi, elles étaient mes maîtresses ». Pour elles il n'a été que « le père aux écus », veines aurifères ouvertes. Père humilié et offensé, buvant le calice jusqu'à la lie, il implore dans son abandon celui auquel il a naguère osé se comparer : « Ô mon Dieu, puisque tu connais les misères, les souffrances que j'ai endurées ; puisque tu as compté les coups de poignard que j'ai reçus, dans ce temps qui m'a vieilli, changé, tué, blanchi, pourquoi me fais-tu donc souffrir aujourd'hui ? J'ai bien expié le péché de les trop aimer » (p. 345).

Il a la grâce de mourir enfin dans un instant d'apaisement mais – cruelle, suprême dérision ! — grâce liée à un faux-semblant, à un leurre « horrible » autant qu'involontaire : « Trompé sans doute par les larmes, Goriot usa ses dernières forces pour étendre les mains, rencontra de chaque côté de son lit les têtes des étudiants, les saisit violemment par les cheveux, et l'on entendit faiblement : " Ah ! mes anges ! " Deux mots, deux murmures accentués par l'âme qui s'envola sur cette parole » (p. 359).

Tout est consommé dans la monstrueuse tristesse évoquée par le créateur lui-même face à sa créature dès novembre 1834[1] (novembre : mois des morts, mois de la mort de Goriot). À vrai dire, tristesse bien souvent associée, sous diverses formes, à la paternité dans *La Comédie humaine* avant et après *Le Père Goriot*, cloué là au carrefour des chemins déjà empruntés et de ceux qui restent à parcourir.

1. Voir la lettre du 22 novembre 1834 à madame Hanska citée p. 11 de cet Essai.

AU NOM DU PÈRE

1. Voir Dossier, p. 180.

2. Voir *Eugénie Grandet* (1833).

3 . Voir *La Recherche de l'Absolu* (1834, l'année même du *Père Goriot*).

4. 1830.
5. Voir *Ferragus* (1833).

6. Voir la fin de *Ferragus*.

Il y a chez Balzac une sorte d'obsession de la paternité et Goriot s'inscrit dans une lignée paternelle tracée par le romancier lui-même sur une page de son « album[1] ». Au nom du père, se lèvent d'abord, dans l'œuvre, des personnages sensiblement contemporains du *Père Goriot* et dont certains sont l'envers même de notre héros. Le plus connu d'eux tous est sans doute le père Grandet[2], dont l'avarice fait le malheur de sa fille Eugénie. À ses côtés, Balthazar Claës[3], père dénaturé qui sacrifie sa famille à sa recherche de l'Absolu, tandis que d'autres pères annoncent Goriot par leur amour exclusif, tel Bartholomeo di Piombo, sombre héros de *La Vendetta*[4], et surtout Ferragus[5], « chef des dévorants » dévoré d'amour pour sa fille. Ferragus, tout ensemble forçat comme Vautrin et père comme Goriot, vivant dans l'ombre anonyme de la grande ville. Amour paternel condamné au mystère, objet de fatal contresens et source de tragédie. Clémence, fille aimante, envers lumineux des filles Goriot, en mourra, et son père hébété de douleur mourra lentement de sa mort. En bien des points, Ferragus et Goriot s'apparentent en leur fin de vie. Si l'un est un « colimaçon », l'autre appartient au genre des « mollusques » ; intermédiaire entre l'homme et l'animal, Ferragus est « béant », « sans idée dans le regard[6] » tout comme Goriot. Débris humain, il est déjà à sa manière « Christ de la Paternité », souffrant pour sa fille unique « un cordon de plaies »

1. Il s'agit d'effacer les deux fatales lettres sur son épaule, marque infamante du forçat.

2. *Maria* du Fresnay (Mari*e*, fille de Maria, vivra jusqu'en 1930).

3. « Or, le sentiment du Père Goriot implique la maternité » constatait déjà Balzac en 1835 dans la préface de la deuxième édition Werdet.

4. Dernière partie de *L'Envers de l'histoire contemporaine* (1848). Voir introduction et notes de J. Guichardet au tome VIII de l'édition Pléiade de *La Comédie humaine*.

brûlantes[1] destiné à le faire redevenir « homme parmi les hommes »...

Faut-il ajouter à ce chapitre du secret la secrète paternité de Balzac lui-même en cette année 1834 ? (Le 4 juin précisément est née Marie du Fresnay, fille de la discrète dédicataire d'*Eugénie Grandet*[2] et de l'écrivain.) Et encore évoquer le profond désespoir dont témoignent, à la fin de l'année 1846, les lettres adressées à madame Hanska après la perte de l'enfant qu'elle attendait de Balzac. Un désespoir à la mesure de l'immense joie éprouvée à l'annonce de cette grossesse et des espoirs, des projets nouveaux qu'elle suscite :

1ᵉʳ octobre 1846 : « Quant à V[ictor], il existe, et, si tu le veux ainsi, nous le reconnaîtrons par l'acte de mariage ; mais donne-le-moi, que je lui prodigue mes soins et ma vie, laisse-le s'épanouir sous mes regards, que je le couve comme tu l'auras porté, je m'en ferai ainsi un peu la mère[3]. »

1ᵉʳ décembre 1846, après l'accident : « Je ne puis pas exprimer ce que je souffre, c'est un désarroi général. J'aimais tant un enfant de toi ! c'était toute une vie ! Crois-le bien, le désastre de nos affaires, ce n'est rien [...] c'est une douleur dont je porterai, j'en ai bien peur, les marques toute ma vie. »

Une vie où s'inscrit, en quelque sorte, une paternité « en creux ». Une vie qui bientôt s'achèvera...

Un autre père exemplaire doit être ici convoqué, c'est le baron Bourlac dressé en douloureuse majesté sur le dernier récit de Balzac : *L'Initié*[4], témoignant ainsi de la permanence du thème. Le baron Bourlac est à la fois le semblable et l'inverse du père Goriot. Inverse car il est profondément aimé de sa fille et son histoire s'achèvera bien, mais semblable par le sacrifice et les souffrances endurées : même abnégation « sublime » chez les deux pères, même amour paternel poussé « jusqu'au délire ». Pendant cinq ans, avant l'ultime récompense, Bourlac aura « souffert la passion de Jésus-Christ[1] ». Pères dénaturés, pères « hors pair », pères sublimes tous transcendés par le martyre du père renié de Delphine et Anastasie. « Eh bien ! oui, leur père, le père, un père [...] un bon père », comme le souligne en toutes ses déclinaisons la duchesse de Langeais (p. 111). Mais le nom du père appelle irrésistiblement le nom du fils, et nous évoquerons en temps voulu et à sa juste place le « fils » adoptif, Rastignac. Pour l'instant et avant de clore ce chapitre, il convient de se demander quel fils fut Balzac et pour quel père. Pierre Citron, dans un récent ouvrage[2], ouvre bien des perspectives neuves sur les rapports entre l'inconscient et l'œuvre de l'écrivain. Le chapitre consacré aux années 1829-1830 nous fait assister à la « Naissance de *La Comédie humaine*[3] » et il éclaire d'une lumière vive les liens qui unissent en cette période décisive Balzac et ses géniteurs. Balzac, « œuf d'aigle couvé chez des oies » selon madame de Berny qui, cependant, en exceptait le père. Père âgé, absent le plus souvent de la vie de ses enfants, mari effacé par une jeune épouse autoritaire. Vieil original impénitent, il laisse bien peu de traces visibles dans *La Comédie humaine*, et lorsqu'il meurt le 19 juin 1829, Honoré,

1. Voir Dossier, p. 180.

2. *Dans Balzac*, Seuil, 1986.

3. Chapitre III, p. 59-81.

« ... enfin toute sa personne explique la pension, comme la pension implique sa personne. »

Madame Vauquer. Illustration pour *Le père Goriot* par Bertall. Œuvres complètes de Balzac, Édition Furne, 1842 à 1848. Collection particulière. Photo Jean-Loup Charmet.

absent de Paris, n'est pas à son chevet... Curieuse coïncidence, c'est en avril de cette même année, alors que son père est déjà « entre la vie et la mort », que paraît le premier roman signé Balzac (*Les Chouans*). Relais du nom et paternité reconnue de l'œuvre. Quatre mois plus tard, apparaît pour la première fois dans cette œuvre, avec *El Verdugo*, le personnage du parricide. Ici, parricide noble à tous les sens du terme, exemplaire (il s'agit, en sacrifiant les parents et les autres enfants durant la guerre d'Espagne, de sauver et perpétuer le nom de la famille), mais parricide tout de même et qui emprunte bien des traits à Balzac lui-même : il est le premier des personnages créés dans *La Comédie humaine* à avoir un peu de son physique, à être une ébauche de sosie : petite taille, absence de beauté mais air fier, et charme auprès de certaines femmes. Il a trente ans comme Balzac quand il écrit *El Verdugo*, et il est comme lui célibataire.

Le récit peut être lu à la lueur du désir de voir disparaître le père. Désir qu'exprimera bien plus tard, en 1846, une phrase rajoutée dans *Les Marana* : « Juger son père est un parricide moral. » Mais désir refoulé tant que vit le père, et libéré par sa mort : « Désormais le meurtre du père ne peut plus passer, dans l'esprit du fils, pour une aspiration : il n'est qu'un fantasme[1]. » Un fils seul à porter désormais le nom du père. Un nom promis à la gloire par la grâce du fils « Honoré ». Gloire durable liée, parmi les œuvres majeures, au nom du *Père Goriot*.

Au sommet opposé de sa crucifixion sur la

1. *Dans Balzac, op. cit.*, p. 64-65.

montagne Sainte-Geneviève, voici venir maintenant le tentateur aux étranges sermons.

V

" QUI SUIS-JE ?
VAUTRIN.
QUE FAIS-JE ?
CE QUI ME PLAÎT "

V COMME VIDOCQ ?

Non, en dépit de certaines évidences et ressemblances. Balzac a certes rencontré Vidocq et cela dès 1834, l'année même du *Père Goriot*[1]. Cette rencontre fut souhaitée de longue date et le personnage l'a vivement impressionné par sa stature, son buste d'Hercule, ses allures de sphinx auréolé d'un douteux prestige, son flair aigu de sauvage. Il a, c'est vrai, écrit à propos de Vautrin qui par plusieurs traits ressemble à Vidocq : « Je puis vous assurer que le modèle existe, qu'il est d'une épouvantable grandeur et qu'il a trouvé sa place dans le monde de notre temps. Cet homme était tout ce qu'est Vautrin moins la passion que je lui ai prêtée. Il était le génie du mal, utilisé d'ailleurs[2]. » « Utilisé » dans la réalité comme le sera Vautrin dans la fiction : tous deux finiront chefs de la police, mais dans *Le Père Goriot* où le personnage fait sa première apparition, nous

1. Voir Dossier, p. 193.

2. Lettre à Hippolyte Castille, 1846.

sommes encore loin de cette « dernière incarnation de Vautrin » révélée dans *Splendeurs et misères des courtisanes* et à laquelle Balzac ne songe sans doute pas en 1834.

Si Vidocq est présent dans *Le Père Goriot* c'est — P.-G. Castex l'a prouvé[1] — dans le personnage du policier Gondureau, beaucoup plus que dans celui de Vautrin. On peut lire sur le manuscrit que mademoiselle Michonneau « alla trouver Vidocq ». Balzac ensuite efface ce nom mais prête à Gondureau (qui le remplacera), outre la fonction qui était bien celle de Vidocq en 1820 (chef de la police de Sûreté), « des méthodes, des souvenirs, des mots, des propos de Vidocq[2] ». La démonstration de P.-G. Castex est en tout point convaincante et il n'y a pas lieu d'y revenir. En 1834, le Vautrin du *Père Goriot*, « fidèle à ses principes, fidèle aux compagnons qu'il va rejoindre au bagne », est bien « exactement l'anti-Vidocq ».

Vidocq a pu servir de modèle plus ou moins lointain à certains héros des romans de jeunesse, tel Argow le pirate d'*Annette et le criminel* (1844) ; mais, pour l'essentiel, c'est *dans* Balzac lui-même que Vautrin prend sa source. Lieu originel où s'engendrent des doubles de l'écrivain. Or, Vautrin en est un. « Mauvais double[3] » de celui qui constatera dans *Béatrix* : « Il y a les fleurs du Diable et les fleurs de Dieu ! Nous n'avons qu'à rentrer en nous-mêmes pour voir qu'ils ont créé le monde de moitié. » L'écrivain, fasciné par la puissance du virtuel, peut tout concevoir, même le crime. Balzac a rêvé les rêves de Vautrin : « Oh ! mener une vie de Mohican !

1. Voir l'introduction très complète de son édition critique du *Père Goriot*, Garnier, 1963.

2. P. xxx de l'introduction de P.-G. Castex.

3. Voir Pierre Citron, *Dans Balzac, op. cit.*, chapitre IX.

oh ! que j'ai admirablement compris les cor-
saires, les aventuriers, les vies d'opposi-
tion[1] » et l'un de ses correspondants va jusqu'à lui écrire : « cher Vautrin[2] » !, Vautrin
incarnant le mal que Balzac « avait le sentiment de porter en lui mais que jamais
jusque-là il n'avait incarné dans un de ses
doubles », ainsi que le remarque Pierre
Citron.

1. Lettre du 21 juil-
let 1830 à V. Ratier.

2. Voir *Dans Bal-
zac, op. cit.*, p. 191.

Tout comme le Malin dont il semble parfois le délégué sur terre, Vautrin emprunte
des masques, lesquels laissent apparaître, par
éclairs, le vrai visage.

L' " HERCULE FARCEUR "

Ainsi le nomme le jeune peintre pensionnaire de la maison Vauquer et, de prime
abord, il apparaît en effet conforme en tout
point au farceur type des tables d'hôte tel
que le présentent les *Physiologies* du temps[3] :
il allie forte corpulence et jovialité ; amateur
de chansons et de bonnes bouteilles, il a toujours le mot pour rire et se montre galant
envers l'hôtesse. Vautrin joue ce rôle inoffensif à merveille, courtisant « maman Vauquer » et la menant à la comédie, égayant les
convives de ses couplets et de ses bons mots,
offrant à l'occasion une petite « bouteillo-
rama » ; « cet homme-là vous ferait vivre
heureuse sur les toits », constate madame
Vauquer (p. 243). Cependant, intuitive et
prompte à déchiffrer les signes, Victorine
remarque en lui « des expressions qui
salissent l'âme ». « Non, tu te trompes !

3. Voir Maurice
Ménard, *Balzac et le
comique dans* La
Comédie humaine,
PUF, 1983, p. 132
et suivantes.

réplique madame Couture. Monsieur Vautrin est un brave homme, un peu dans le genre de défunt monsieur Couture, brusque mais bon, un bourru bienfaisant » (p. 246).

En fait, sa volubilité de bonimenteur est un masque verbal. Le lecteur le sait, à qui l'écrivain, par Rastignac interposé, permet bien avant la scène de l'arrestation de pénétrer dans les coulisses du théâtre Vautrin. Là le « sphinx en perruque » a dévoilé en grande partie ses énigmes, incarnant le Verbe à sa perverse manière. Au moment où le chef de la police, faisant sauter la perruque, rend à la tête de Jacques Collin démasqué toute sa rousse horreur (p. 263), il y a déjà longtemps qu'il est, aux yeux d'Eugène, illuminé des feux de l'enfer. Précisément depuis ce jour où il lui a proposé le pacte infernal.

LE TENTATEUR

À mi-chemin de l'homme et de l'animal avec ses « mains épaisses, carrées et fortement marquées aux phalanges par des bouquets de poils touffus et d'un roux ardent », sa poitrine au crin fauve qui cause une sorte de dégoût mêlé d'effroi (p. 147), il évoque, nous l'avons dit, le Minotaure. Au cœur du labyrinthe Vauquer il guette sa proie, se parant pour elle des prestiges de l'enchanteur. Enchanteur pourrissant les jeunes gens...

Quels sont donc ses moyens d'« enchantement » au sens maléfique du terme ? Tout d'abord son regard fascinateur sur lequel insiste le texte. Regard aux puissances « surnaturelles » sondant, comme celui de Dieu, les reins et les cœurs. Il « a lu dans l'âme de l'étudiant » (p. 151). Cette âme, plus encore que le corps, il rêve de se l'approprier et son magnétisme aidant, il est bien près d'y parvenir : Eugène « se trouvait alors dans un moment où sa misère parlait si haut qu'il céda presque involontairement aux artifices du terrible sphinx par les regards duquel il était souvent fasciné » (p. 213).

Le combat « dura longtemps » et « quoique la victoire dût rester aux vertus de la jeunesse » si le « miracle » de l'arrestation n'avait pas eu lieu fort opportunément, cette victoire aurait bien pu changer de camp, le combat changeant d'âme...

Outre son regard magnétique, l'enchanteur est doté d'un autre moyen de séduction très puissant : la parole. Parole argumentée car il connaît « tout, les vaisseaux, la mer, la France, l'étranger, les affaires, les hommes, les événements, les lois, les hôtels et les prisons » (p. 37). Mais, sorte d'encyclopédie vivante, celui qui se réclame de Rousseau et du *Contrat social* (p. 146) est-il vraiment un fils des Lumières ? Pour répondre à la question, il convient de réentendre son discours à Rastignac en le situant dans une perspective historique.

UN FILS DES LUMIÈRES ?

Certes, les propos de Vautrin résonnent souvent comme l'écho direct de ceux du

1. *Le Neveu de Rameau*, rédigé entre 1760 et 1772, ne fut publié qu'en 1805 : publication posthume.

2. Dans *La Maison Nucingen* en 1838.

Neveu de Rameau[1], « ce pamphlet contre l'homme que Diderot n'osa pas publier » selon l'expression même de Balzac[2] : « L'honnêteté ne sert à rien. [...] La corruption est en force, le talent est rare. Ainsi, la corruption est l'arme de la médiocrité qui abonde, et vous en sentirez partout la pointe. Vous verrez des femmes dont les maris ont six mille francs d'appointements pour tout potage, et qui dépensent plus de dix mille francs à leur toilette. Vous verrez des employés à douze cents francs acheter des terres. Vous verrez des femmes se prostituer pour aller dans la voiture du fils d'un pair de France qui peut courir à Longchamps sur la chaussée du milieu. [...] Je vous défie de faire deux pas dans Paris sans rencontrer des manigances infernales. [...] Aussi l'honnête homme est-il l'ennemi commun. Mais que croyez-vous que soit l'honnête homme ? À Paris, l'honnête homme est celui qui se tait et refuse de partager » (p. 152).

Ces « idiotismes de métier » que Vautrin fait miroiter comme un piège aux alouettes, pantomimes à l'appui, ne sont-ils pas les fautes de sa nation et non les siennes en ce pays parisien où « il n'y a pas de principes, il n'y a que des événements », où « il n'y a pas de lois, il n'y a que des circonstances » que l'homme supérieur doit conduire (p. 158) ? Dès lors, « moins lâche que les autres », il ne fait que « protester contre les profondes déceptions du contrat social comme dit Jean-Jacques », dont il se « glorifie d'être l'élève ».

« De l'or, de l'or, l'or est tout », constatait déjà le Neveu, établissant de cyniques équivalences qui préfigurent étrangement celles de Vautrin : « Je veux que mon fils soit heureux ; ou ce qui revient au même, honoré, riche et puissant. Je connais un peu les voies les plus faciles ; et je les lui enseignerai de bonne heure. Si vous me blâmez, vous autres sages, la multitude et le succès m'absoudront. Il aura de l'or ; c'est moi qui vous le dis. S'il en a beaucoup, rien ne lui manquera, pas même votre estime et votre respect[1]. »

1. *Le Neveu de Rameau*, édition Fabre, Droz, 1963, p. 93.

N'est-ce pas là une esquisse de la destinée rêvée par Carlos Herrera (alias Jacques Collin) pour Lucien de Rubempré, son « fils adoptif » dans *Splendeurs et misères des courtisanes* ? Lucien qui acceptera le pacte qu'Eugène refuse encore...

Si Vautrin gagne quatre millions, personne ne lui demandera « qui es-tu ? ». Dans cette société où Être = Avoir, il sera « Monsieur quatre millions », un point c'est tout. Point = pointe d'une épée meurtrière ? Qu'importe ! Au grand jeu d'échecs de la vie, il n'est ni un « pion » ni un « fou » mais « une tour, mon petit » (p. 216). « Tout ou rien ! Voilà sa devise. »

Parenté donc avec le Neveu de Rameau ainsi qu'avec d'autres profiteurs et corrupteurs du XVIIIe siècle tel, par exemple, Gaudet d'Arras dans *Le Paysan et la paysanne pervertis* de Restif de La Bretonne (même si Balzac ne cite jamais Restif, il s'y réfère sans doute implicitement : les rapprochements établis par P.-G. Castex sont à cet égard convaincants[2]). Mais on doit ici attirer l'attention sur une différence capitale : si le comportement et le vocabulaire se res-

2. Voir introduction au *Père Goriot*, Garnier, 1963, p. XXXIII, XXXIV.

semblent, le contenu, la signification, les perspectives appartiennent à un autre univers[1]. Vautrin parle dans l'univers post-révolutionnaire, et son discours et son action au cœur même du monde libéral sont un « signe romanesque de ce qu'est devenu le monde né de la Révolution ». Personne en 1819 ne peut penser la vie sociale comme avant 1789. Vautrin raisonne et discourt sur le fond d'une expérience récente et en cours.

Bref, « le Neveu de Rameau et Gaudet parlaient dans un monde stable et clos. [...] Vautrin, lui, va parler dans un monde ouvert, en proie à la fièvre, un monde en expansion qui permet tout à tout le monde[2] ».

Après tout, Jacques Collin n'est jamais, comme il le dira dans *Splendeurs et misères des courtisanes*, que l'envers d'un Nucingen, un homme lui aussi « couvert d'infamies secrètes », qui a été « Jacques Collin légalement et dans le monde des écus ».

Balzac, c'est vrai, exprime un monde en mutation et une mutation ne relève pas de la morale mais du fait. Vautrin accède à *l'épique* dans la mesure où il est un moment du devenir historique et social, Pierre Barberis a raison de le souligner. Cependant, Vautrin ne parle pas seulement pour son époque et si l'on veut tenter d'appréhender la dimension *mythique* du personnage, il faut aller au-delà. Selon ses propres termes, le monde a « toujours été ainsi » et les moralistes ne le « changeront jamais » car « l'homme est imparfait » (p. 153) : est-ce à dire que le *mal* depuis toujours est *en lui* ?

1. P. Barberis, « *Le Père Goriot* » *de Balzac. Écriture, structures, significations*, *op. cit.*, p. 61.

2. Voir P. Barberis, *op. cit.*, p. 63.

« Je suis un grand poète. Mes poésies, je ne les écris pas : elles consistent en actions et en sentiments » (p. 154). Il faut maintenant éclairer Vautrin de l'infernale lumière qui le révèle tel qu'en lui-même enfin dans toutes ses dimensions. Son mal vient de plus loin que l'époque dans laquelle l'inscrit l'Histoire ; il appartient à cette race d'êtres en proie au mépris, voire à la haine de la vie « en tant qu'œuvre divine ». Le Dieu auquel on se heurte alors n'est pas un Dieu moraliste, mais un Dieu créateur et père de sa création. C'est cette paternité divine que Vautrin refuse en se substituant au Dieu créateur « et il y a beaucoup plus dans cette attitude que dans la révolte du héros byronien contre un ordre qui n'est pas autre chose, au fond, qu'un ordre social injuste et oppressif. La poésie de son personnage n'est pas seulement celle d'une énergie effrénée, d'une animalité vigoureuse, d'une vitalité que rien n'arrête, c'est aussi la poésie d'un poète, et il n'est poète que dans la mesure où il a le mal pour objet[1] ». Ce qu'il crée ce n'est pas de l'imaginaire, un imaginaire, reflet de la création divine comme chez le poète qui, par l'écriture, se donne l'illusion d'être Dieu. Non, ce qu'il crée lui, ce sont des *actions* et des actions mauvaises qui ne peuvent avoir Dieu pour cause. « Je ferai vouloir le Père éternel », dit-il quand il s'agit de l'assassinat du fils Taillefer. Dans le rôle de tentateur et de corrupteur qu'il assume auprès de Rastignac, il cherche bien, au-delà d'un instrument pour

1. Voir Max Milner, « La poésie du mal chez Balzac », dans l'*Année balzacienne*, 1963.

réaliser ses desseins ambitieux, à « s'emparer d'une âme, à la vider de sa liberté qui est l'effigie de Dieu en elle, et à s'y loger à la place du créateur. Pleinement satisfait de son œuvre, l'artiste satanique jouira alors des harmonies qu'il aura su tirer de son instrument humain, et ces harmonies qui seront des sentiments *réels*, lui donneront non pas l'illusion, mais la réalité de la possession du monde[1] ». Il réussira avec Lucien de Rubempré ce qu'il ne peut qu'esquisser avec Rastignac...

Ce Mal, signe de la puissance de l'homme dérangeant l'univers, est d'essence diabolique et c'est par lui que Vautrin atteindra dans *Splendeurs et misères* à la grandeur du mythe. Dans *Le Père Goriot*, déjà, sont perceptibles les prémices de cette grandeur. Sans elle, Vautrin n'eût été que Gobseck : il se vante lui aussi de posséder un regard qui, à l'instar de Dieu, « voit dans les cœurs », mais son pouvoir il ne l'use qu'à lier et délier « les cordons du sac[2] » ; il est assez riche pour acheter les consciences mais pas assez grand dans la noirceur pour posséder les âmes, pour goûter le sombre plaisir de successives incarnations. Vivre par procuration la vie de beaux jeunes gens, les doter de puissance et de gloire en échange de leur âme, voilà la *vraie* volupté, le pacte *vraiment diabolique* dont il rêve. Les paroles du tentateur d'Eugène sur la montagne Sainte-Geneviève ne sont-elles pas l'écho même de celles du Malin ? « Le diable l'emmène encore sur une très haute montagne, lui montre tous les royaumes du monde avec leur gloire et lui

1. Max Milner, article cité.

2. Voir la nouvelle intitulée *Gobseck* (1830-1835).

1. Évangile selon
saint Matthieu, IV
(La Tentation de
Jésus), verset 8.

2. Voir Dossier,
p. 199.

3. Voir la dernière
partie de cet Essai.

dit : " Tout cela, je te le donnerai, si tu tombes à mes pieds et m'adores. " Alors Jésus lui dit : " Retire-toi, Satan... "[1]. »

Si Rastignac repousse Vautrin *in extremis*, les circonstances aidant au moins autant que la vertu, Lucien, lui, signera le pacte[2] mais, beau comme l'ange déchu Lucifer dont il partage le nom, il fera de Vautrin l'enchanteur un « enchanté » à son tour. Et par son suicide, il transformera même la « grandiose statue du mal » en une sorte de Christ de la Paternité. Mais ceci est une autre histoire[3] située en un point du cycle, du cercle qui, ouvert dans *Le Père Goriot*, ne se refermera que dans *Splendeurs et misères*.

Pour l'heure, Vautrin démasqué entre provisoirement dans les coulisses du grand théâtre et c'est tout naturellement sur la scène de son arrestation que nous dirigerons le projecteur avant de le voir disparaître.

LA FIGURE DU FORÇAT

« En déposant le masque bénin sous lequel se cachait sa vraie nature, la figure du forçat devint », dit le narrateur, « férocement significative » (p. 262). Figure « de force et de ruse » intelligemment illuminée comme si les feux de l'enfer l'eussent éclairée : brusquement « chacun comprit tout ». Tous les signes deviennent aussi faciles à déchiffrer que les deux fatales lettres reparues sur l'épaule. Passé, présent, avenir de cet homme extra-ordinaire sont lisibles dans l'instant. Force de la nature, homme-volcan, c'est un

« Goriot vint muni d'une garde-robe bien fournie, le trousseau magnifique du négociant qui ne se refuse rien en se retirant du commerce. »
Le père Goriot. Composition de Quint. Édition R. Kieffer, 1922.
Maison de Balzac, Paris. Photo Jean-Loup Charmet.

peu à Mirabeau vu par Chateaubriand que Vautrin fait ici songer. Mirabeau, comme lui, « mêlé par les désordres et les hasards de sa vie aux plus grands événements et à l'existence des repris de justice, des ravisseurs et des aventuriers. [...] La nature semblait avoir moulé sa tête pour l'empire ou pour le gibet » et les sillons creusés par la petite vérole sur son visage avaient « l'air d'escarres laissées par la flamme[1] ». Comme Mirabeau, Vautrin suscite une sorte de terreur respectueuse et, au moment de son arrestation, « un murmure admiratif, arraché par la promptitude avec laquelle la lave et le feu sortirent et rentrèrent dans ce volcan humain, retentit dans la salle » (p. 264). Allégorie du « bagne avec ses mœurs et son langage, avec ses brusques transitions du plaisant à l'horrible, son épouvantable grandeur, sa familiarité et sa bassesse » (p. 265) ; « type de toute une nation dégénérée », voici que l'homme passe l'homme et devient en un moment « poème infernal », archange déchu qui veut toujours la guerre mais n'a jamais trahi personne et garde intact son pouvoir de fascination : « Diantre ! dit le peintre, il est fameusement beau à dessiner. » Beauté sombre, farouche : comme celle de Mirabeau elle rappelle « le chaos de Milton, impassible et sans forme au centre de sa confusion ».

Dès lors, le lecteur pressent l'avenir réservé à cet être prodigieux que l'enfer du bagne s'apprête à engloutir sans l'humilier ; il reparaîtra sur la scène balzacienne auréolé de puissance occulte : on se prend presque à le souhaiter. Contagion du mal ? Ou simple-

1. Voir *Mémoires d'outre-tombe*, tome I, p. 225 de l'édition Levaillant, Paris, Garnier, 1948.

ment mépris (partagé par tous les pensionnaires de la maison Vauquer) pour cette
vieille cagnotte de Michonneau qui l'a vendu
contre quelques milliers d'écus ? Qui peut le
dire ? À chaque lecteur ici de rentrer en lui-
même, ou plutôt de s'y efforcer comme le fait
Rastignac après chaque entrevue avec son
terrible mentor...

À l'ultime sommet du triangle, en haut du
cimetière de l'Est, le voici enfin ce jeune Initié défiant Paris au terme du voyage.

VI   " À NOUS DEUX MAINTENANT "

Un voyage mouvementé à travers temps et
textes dont il convient d'évoquer les étapes
successives, jalonnées de décisives ren-
contres qui placent Rastignac autant, et
peut-être plus que *Le Père Goriot* lui-même,
au centre de notre roman. De lui partent, à
lui aboutissent tant de chemins !

" EUGÈNE DE RASTIGNAC, AINSI SE NOMMAIT-IL "

Il n'en fut pas toujours ainsi : sur le manuscrit, Rastignac se nomme tout d'abord Massiac. Il change soudain d'identité chez
madame de Beauséant, au moment où
celle-ci accueille la duchesse de Langeais.

« Voilà deux bonnes amies, se dit Eugène de... » Au lieu d'écrire une fois de plus Massiac, Balzac (au folio 43 du manuscrit) barre le prénom, la particule et les remplace par le nom définitif : « Voilà deux bonnes amies, se dit Rastignac. » Nom déjà connu des lecteurs de Balzac, donc nom déjà « reparaissant » dont toutes les tribulations ont fait l'objet d'un article décisif de Jean Pommier : « Naissance d'un héros, Rastignac[1] ». C'est en 1831, dans *La Peau de chagrin*, que le personnage apparaît pour la première fois sous les traits d'un viveur cynique, bien éloigné du jeune pensionnaire plutôt sympathique de la maison Vauquer. C'est que, paradoxalement, il a vieilli dans ce roman pourtant antérieur de trois ans au *Père Goriot*, mais le paradoxe n'est qu'apparent si l'on considère les dates non plus de rédaction mais d'action dans les deux ouvrages.

Dans *La Peau de chagrin*, action et rédaction sont quasi contemporaines et se situent aux lendemains immédiats de la révolution de 1830. Dans *Le Père Goriot* l'histoire qui, selon une première version du manuscrit, se déroulait en 1824, est, pour les besoins de la « cause Rastignac », reculée de cinq ans dans la version définitive, et cela permet aux lecteurs du *Père Goriot* d'assister à l'apprentissage du jeune homme qu'ils ont connu homme déjà mûr dans *La Peau de chagrin*.

Parallèlement et au fil de nouvelles éditions de récits antérieurs, Rastignac remplace nominalement des personnages à l'identité incertaine tel, par exemple, le marquis Ernest de M*** dans *Étude de femme*

1. Dans la *RHLF* d'avril-juin 1950.

(1830). En aval du *Père Goriot*, il reparaîtra de si nombreuses fois[1] qu'il deviendra l'un des piliers de *La Comédie humaine* et l'exemple type donné par Balzac lui-même pour illustrer son système romanesque[2]. Tout comme dans la vie réelle, nous pouvons rencontrer dans *La Comédie humaine* des êtres dans la force de l'âge avant d'apprendre ce que fut leur jeunesse. Ainsi de Rastignac, « agissant dans son époque suivant le rang qu'il y a pris et touchant à tous événements » d'importance relatés au fil d'une œuvre globale dont la chronologie n'obéit pas nécessairement à celle des faits consignés dans chaque roman.

1. Voir Dossier, p. 227-228.

2. Voir la préface d'*Illusions perdues* (1837).

RASTIGNAC/BALZAC : AU-DELÀ DE LA RIME ?

3. Voir *Roman des origines, origines du roman*, Grasset, 1972.

Certes, si, comme le pense Marthe Robert[3], aux origines de tout roman il y a un roman des origines, *Le Père Goriot* est sans doute, parmi tous les romans d'apprentissage balzaciens, l'un de ceux où le jeune héros est le plus proche de l'écrivain lui-même, élevant « au maximum le potentiel de ses rêves ». Tout autant que Félix de Vandenesse[4], Rastignac est par ses origines et ses expériences une sorte de double de son créateur. P.-G. Castex et Pierre Citron ont souligné leurs étroites parentés[5] : ils ont le même âge et vers la même date montent à Paris où ils rêvent d'un grand avenir entre les murs d'une petite chambre. Ils ont chacun deux sœurs dont l'une porte le même prénom : Laure, leur confidente et leur recours en cas

4. Voir *Le Lys dans la vallée*.

5. Voir Dossier, p. 203-204.

d'extrême besoin. La lettre écrite à son frère par Laure de Rastignac dans *Le Père Goriot* est presque textuellement empruntée aux épîtres de Laure et Laurence, sœurs d'Honoré[1]. Mêmes débuts dans la vie du jeune homme fictif et du jeune Balzac ; mêmes cœurs pleins de flamme, mêmes ambitions, mêmes maladresses et mêmes naïvetés corrigées avec une indulgente bonté par deux initiatrices : madame de Beauséant dans la fiction, madame de Berny dans la réalité. Même désir enfin de « dominer tout Paris », « Paris que je veux me soumettre un jour » écrit Balzac[2] : ambitieux désir dont le fameux « À nous deux maintenant ! » est le grandiose et véridique écho.

Mais il y a plus encore. Si Rastignac n'est pas le narrateur du *Père Goriot*, la narration, néanmoins, lui doit presque tout. Nous en sommes avertis dès le début du roman : « Sans ses observations curieuses et l'adresse avec laquelle il sut se produire dans les salons de Paris, ce récit n'eût pas été coloré des tons vrais qu'il devra sans doute à son esprit sagace et à son désir de pénétrer les mystères d'une situation épouvantable, aussi soigneusement cachée par ceux qui l'avaient créée que par celui qui la subissait » (p. 31).

À Rastignac, Balzac délègue ses propres dons d'observateur, de déchiffreur de signes ; Rastignac, personnage-témoin mais aussi acteur du « drame », car il y participe et ce que le romancier prend en charge, c'est son histoire. Pierre Barberis analyse bien[3] par quelles voies Balzac renonce à certains moments « à la technique du jeune homme

1. Voir Dossier, p. 206.

2. À madame Hanska.

3. Voir « *Le Père Goriot* » *de Balzac*, *op. cit.*, p. 126 et suivantes.

narrateur » : le jeune homme « devenant vu et raconté », il faut quelqu'un pour le voir et le raconter. S'il n'était que le narrateur, on serait privé de l'analyse et de la présentation qui peut en être faite « par une conscience supérieure à la sienne capable d'en rendre compte ». Du « je » s'impose dès lors le passage au « il » et « les perspectives s'emboîtent ainsi que les points de vue qui conduisent de la non-conscience à la conscience, du non-dit au dit ». Lorsque la voix du jeune homme n'est pas la voix première, on peut entendre en lui la voix secrète de ses doutes et de ses problèmes.

Ainsi, aux frontières incertaines du *récit* et du *discours* (au sens où Benveniste entend ces termes[1]), se tient Rastignac, à mi-chemin du narrateur et de l'auteur. Ainsi « il » et « je » s'entremêlent-ils pour tisser, fil de trame et fil de chaîne, la toile romanesque. Ce qui nous est donné à lire c'est, d'une certaine manière, l'histoire d'un Balzac/Rastignac racontée par un Balzac-narrateur ayant pris ses distances d'écrivain vis-à-vis de son double de jeunesse, de ses émotions et souvenirs ressuscités au fil de la plume.

1. Voir *Problèmes de linguistique générale*.

LA DOUBLE POSTULATION

Chez Eugène se mettent en mouvement, dit Balzac, « tous les sentiments bons ou mauvais des deux ou trois hommes qui sont dans un jeune homme de Paris » (p. 211).

Multiplicité du « moi » *mise* en évidence par la littérature bien avant la psychanalyse...

« Eugène de Rastignac était revenu dans une disposition d'esprit que doivent avoir connue les jeunes gens supérieurs, ou ceux auxquels une position difficile communique momentanément les qualités des hommes d'élite. »

« Monsieur Poiret était une espèce de mécanique. »

Illustrations de Quint. Édition R. Kieffer, 1922. Maison de Balzac, Paris. Photo Jean-Loup Charmet.

Deux de ces « moi » ne cessent de se provoquer en combats singuliers dans le champ clos de passions contradictoires chez ce jeune chevalier du monde moderne qu'est Rastignac, enveloppé dans sa fragile armure d'illusions, de rêves et de désirs. Il est, avant l'heure baudelairienne, en proie à une double postulation simultanée, l'une vers Dieu, l'autre vers Satan.

Du côté de Dieu, sa croyance elle-même : « Eugène croyait en Dieu » (p. 204). Croyance-héritage d'une race demeurée fidèle à ses principes et à sa foi, tout là-bas sur la terre de Rastignac, non loin du vertueux Verteuil sur la paisible Charente, mais bien loin du fleuve de boue parisien, du « bourbier » où s'enlise peu à peu ce qui survit du jeune provincial dans le jeune homme de Paris. Paris-enfer, tandis que la province préservée reste sous le signe de Dieu. Probité, générosité, naïveté provinciales sont ici incarnées par la mère, la tante et les sœurs d'Eugène : il faut relire leurs lettres pour comprendre l'abîme creusé entre deux espaces contradictoires dont l'espace intérieur divisé de notre héros n'est que le tragique reflet.

La province du *Père Goriot* est espace essentiellement féminin. Le père n'est pas « instruit » de l'envoi de l'argent sollicité par son fils, et les vertus cardinales prêchées à Eugène par sa mère sont celles-là mêmes qu'elle pratique avec ses filles : « la patience et la résignation ». Bienheureux les cœurs purs ! Et aux yeux maternels Eugène en est un : « Je sais moi, combien ton cœur est pur, combien tes intentions sont excellentes... » (p. 132). Sous ce regard, le fils fond en pleurs et s'accuse en toute lucidité : « Ta mère a tordu ses bijoux ! se disait-il. Ta tante a pleuré sans doute en vendant quelques-unes de ses reliques ! De quel droit maudirais-tu Anastasie ? Tu viens d'imiter pour l'égoïsme de ton avenir ce qu'elle a fait pour son amant ! Qui, d'elle ou de toi vaut mieux ? » (p. 134). Pris de « nobles et beaux remords », il veut alors renoncer au monde, ne pas prendre cet argent cependant... qu'il convoque son tailleur, « trait d'union entre le présent et l'avenir des jeunes gens » s'il a bien « compris la paternité de son commerce » (p. 139) : autre visage inattendu de la paternité à l'œuvre dans tous ses états au cœur de notre roman !

Alors, simple vérité de l'instant que ces nobles pensées ? Mensonge à soi-même ? Non, dans *Le Père Goriot*, Rastignac, aspirant dandy, n'est pas encore « le condottiere social » (l'expression est de P.-G. Castex) qu'il deviendra plus tard. Arrivé depuis un an à Paris, il n'a même « pas complètement secoué le charme des fraîches et suaves idées qui enveloppent comme d'un feuillage la jeunesse des enfants élevés en province ». Capable d'écouter encore « le langage de l'infini », il tient parfois des propos dignes de Lorenzaccio[1] : « Qu'y a-t-il de plus beau que de contempler sa vie et de la trouver pure comme un lys ? Moi et la vie nous sommes un jeune homme et sa fiancée » (p. 161).

Le tout premier mouvement d'Eugène est souvent un élan de générosité. D'instinct, il

1. Le drame de Musset a paru en 1834, l'année même du *Père Goriot*.

comprend la noblesse de cœur et les souffrances de madame de Beauséant et lui promet un entier dévouement ; il prend avec indignation la défense du père Goriot outragé, et ce qu'il éprouve à l'égard de ces deux victimes c'est bien de la *compassion* au sens le plus précis, le plus beau du terme. Il est, par ailleurs, l'ami de l'intègre et généreux Bianchon. Bianchon, l'un des beaux « moi » possibles s'il choisissait décidément la voie du travail désintéressé, Bianchon dont il sollicite les conseils et qui veille avec lui le père Goriot, partageant ses sentiments d'horreur et de pitié au chevet de l'agonisant. Rastignac du côté de la jeunesse impécunieuse et capable de donner de soi-même sans compter. Et parfois Rastignac du côté des plus humbles personnages, dans la zone d'ombre du roman. Il faut ici évoquer Christophe, le domestique, et le rôle non négligeable qui lui est attribué aux dernières pages. C'est auprès de lui qu'Eugène marche derrière le char funèbre, « vers cette petite chapelle basse et sombre autour de laquelle l'étudiant chercha vainement les deux filles du père Goriot ou leurs maris. Il fut seul avec *Christ*ophe. [...] En attendant les deux prêtres, l'enfant de chœur et le bedeau, Rastignac serra la main de Christophe, sans pouvoir prononcer une parole » (p. 366). Silence que l'humble Christophe sait, d'instinct, interpréter : « Oui, monsieur Eugène, dit Christophe, c'était un brave et honnête homme, qui n'a jamais dit une parole plus haut que l'autre, qui ne nuisait à personne et n'a jamais fait de mal » (p. 366).

Christophe, enfin, auquel Rastignac est forcé d'emprunter vingt sous pour le pourboire des fossoyeurs : « Ce fait si léger en lui-même, détermina chez Rastignac un accès d'horrible tristesse. » Tristesse qui préside à sa *mutation* finale, lourde, elle, de tout son avenir ; à son passage irréversible du monde de l'Être à celui de l'Avoir. Il verse là « sa dernière larme de jeune homme, cette larme arrachée par les saintes émotions d'un cœur pur ». « Le voyant ainsi, *Christ*ophe le quitta » (p. 367). *Christ*ophe, dernier témoin d'un jeune Rastignac qui disparaît. Instant décisif où Eugène refuse lucidement d'être une victime bras en croix sous les clous de la société. Ces bras, au contraire, il les referme sur lui, les croise sur sa poitrine à l'image des conquérants, dans un geste de défi à la ville infernale et, en lui, Dieu se tait.

Du côté de Satan, plus de cœurs purs. Finie la douce et naïve province. Voici Paris et ses spirales fatidiques, volutes où l'or au plaisir se conjugue pour, insidieusement, vous envelopper, remplaçant le vert feuillage du paradis d'enfance par une gangue de boue. Cette boue obsédante est, au sens propre comme au figuré, l'emblème du Paris balzacien.

Paris-bourbier, royaume du tentateur, du mentor maléfique qui en dévoile les pièges et les séductions à son protégé médusé. Paris où les femmes sont, pour un jeune homme dans la situation d'Eugène, les premiers instruments de la réussite sociale. « Parvenir, parvenir à tout prix » : il s'avère bientôt que seule une fille d'Ève peut aider Rastignac à mordre la pomme de la civilisation parisienne. Mais laquelle ? Voici notre héros dans le jardin aux sentiers qui bifurquent. Le serpent siffle à ses oreilles complaisantes, malgré lui, le nom de Victorine Taillefer auréolée de ses millions virtuels : il s'agit seulement d'acquiescer au meurtre d'un scélérat. Tentation repoussée non sans lutte comme on sait...

Madame de Beauséant ? Évidemment inaccessible : noble cœur d'amour épris, mais surtout bien trop haut placée dans l'échelle sociale. Cependant, elle peut permettre au jeune ambitieux d'en gravir quelques degrés. Généreuse initiatrice, elle donne son nom à Eugène comme un fil d'Ariane pour se guider au labyrinthe parisien, et quelques conseils dont le cynisme désespéré rappelle celui de Vautrin. Le monde d'en haut et le monde d'en bas, « réunion de dupes et de fripons », se rejoignent par d'étranges sinuosités. Satan rampe décidément en pays parisien à une époque « où se rencontrent plus rarement que dans aucun temps, ces hommes rectangulaires, ces belles volontés qui ne se plient jamais au mal, à qui la moindre déviation de la ligne droite semble être un crime » (p. 178). « Vous voulez parvenir »... « Eh bien ! monsieur de Rastignac, traitez ce monde comme il mérite de l'être. [...] Plus froidement vous calculerez, plus avant vous irez. Frappez sans pitié, vous serez craint. N'acceptez les hommes et les femmes que comme des chevaux de poste que vous laisserez crever à chaque relais, vous arriverez ainsi au faîte de vos désirs.

Voyez-vous, vous ne serez rien ici si vous n'avez pas une femme qui s'intéresse à vous. Il vous la faut jeune, riche, élégante » (p. 115).

Ce sera Delphine de Nucingen, toujours selon les conseils de madame de Beauséant : « Si vous me la présentez, vous serez son Benjamin, elle vous adorera. Aimez-la si vous pouvez après, sinon servez-vous d'elle. [...] Que le père Goriot vous introduise près de madame Delphine de Nucingen. La belle madame de Nucingen sera pour vous une enseigne. Soyez l'homme qu'elle distingue, les femmes raffoleront de vous » (p. 116). Ce programme sera exécuté à la lettre. Un instant ébloui par sa sœur la belle madame de Restaud, Rastignac tournera ensuite ses regards et ses pensées vers Delphine avec la bénédiction d'un père complaisant. Elle l'aimera ou croira l'aimer, ne désirant peut-être que franchir, grâce à lui, les portes trop longtemps fermées pour elle du faubourg Saint-Germain. Il l'aimera ou croira l'aimer jusqu'à cet instant où sous le babil enjoué de la fille, il entend le râle du père (p. 328), ce père qu'elle disait chérir et qu'elle sacrifie aux mondanités. À ce moment « déjà son éducation commencée avait porté ses fruits. Il aimait égoïstement déjà » (p. 327). Autant dire que s'il la désire toujours, il ne l'aime plus vraiment, à moins que l'amour ne soit peut-être — hypothèse sentencieuse du narrateur — que « la reconnaissance du plaisir » (p. 328). Il a décelé la vraie nature du cœur de Delphine, pressenti qu'elle marcherait sur le corps de son père plutôt que de renoncer au bal, mais il n'a « ni la force de jouer le rôle d'un raisonneur, ni le courage de lui déplaire, ni la vertu de la quitter » (p. 327). Dès lors, il entasse des raisonnements assassins pour justifier Delphine la parricide. « Eugène voulait se tromper lui-même, il était prêt à faire à sa maîtresse le sacrifice de sa conscience. » Déjà, le voilà en route pour son avenir. Le sacrifice de cette conscience hautainement refusé à Vautrin, ne le fera-t-il pas dans quelque temps à Nucingen[1] dont il finira par épouser la fille après avoir possédé la femme ? Nucingen, « un monstre qui a commis dans le monde des intérêts de tels crimes que chaque écu de sa fortune est trempé des larmes d'une famille[2] », Nucingen qui n'est après tout qu'un Jacques Collin légal. Alors, est-il bon, est-il méchant, ce jeune loup aux dents longues qui a nom Rastignac ? Impertinente question. Il est les deux à la fois et semble né pour illustrer la thèse de Rousseau. C'est la société qui corrompt l'homme, et tout particulièrement cette société de la Restauration avide de paraître, sacrifiant les grandeurs naturelles aux grandeurs d'établissement. Chez Balzac, il n'y a jamais les bons d'un côté et les méchants de l'autre. L'homme est mêlé de bien et de mal et l'un l'emporte sur l'autre au gré des événements. Tout dépend des circonstances, et c'est précisément ce qui rend tragique la vision des êtres et des choses dans *La Comédie humaine*.

Delphine et Anastasie elles-mêmes, ces élégantes parricides, ne sont-elles pas à plaindre après avoir été blâmées ? Femmes-

1. Voir *La Maison Nucingen* (1837) et Dossier, p. 212-213.

2. Propos tenus par Carlos Herrera alias Vautrin à la fin de *Splendeurs et misères des courtisanes*.

« – Goriot, madame...

    – Oui, ce Moriot a été président de sa section pendant la Révolution ; il a été dans le secret de la fameuse disette, et a commencé sa fortune par vendre dans ce temps-là des farines dix fois plus qu'elles ne lui coûtaient. »

Le père Goriot. Illustration de E. Lampsonius. Œuvres illustrées de Balzac. Éd. Marescq et Co., 1852. Photo Jean-Loup Charmet.

objets, femmes-hochets aux mains de maris retranchés derrière le Code civil, exploitant leurs fortunes après le viol légal du mariage. Balzac, auteur de la *Physiologie du mariage*, ne saurait totalement condamner les filles du père Goriot. La criminelle Delphine ne fut-elle pas d'abord cette jeune femme type qu'il évoque dans la préface de l'édition originale du roman : « Une femme bien constituée, mal mariée, tentée, comprenant les bonheurs de la passion ? » En d'autres circonstances, peut-être eût-elle figuré dans la colonne des femmes vertueuses ? En plaidant sa cause auprès de son père, ne plaide-t-elle pas, du même coup, les circonstances atténuantes auprès du lecteur ? « Mœurs secrètes et conscience, l'âme et le corps, tout s'accorde » en Nucingen pour susciter le blâme et le dégoût (p. 299). Comment répondre autrement que par le mépris au pacte infâme proposé à Delphine : la liberté si elle veut lui *servir* de prête-nom, être un instrument entre ses mains pour l'aider à réaliser de frauduleuses affaires. Quant à la hautaine Anastasie, victime d'un amant trop aimé parti « en laissant des dettes énormes », elle suscite face à son implacable mari la pitié même de Rastignac. Prostrée, « forces écrasées par une tyrannie morale et physique » (p. 353), elle n'est plus libre, pas même de se rendre, victime d'un odieux chantage, au chevet de son père mourant. Le moment venu, elle sera capable, semble-t-il, d'un vrai repentir lucide. Elle non plus ne saurait être condamnée sans appel.

Balzac a répondu avec éloquence et fermeté aux accusations portées contre lui pour « avoir lancé dans la circulation livresque une mauvaise femme de plus en la personne de madame de Nucingen[1] ». Si le monde est un bourbier, les hommes, par les pouvoirs multiformes qu'ils détiennent, en sont parmi les premiers responsables.

1. Dans la préface de l'édition originale.

Au terme de son initiation, devenu homme parmi les hommes, Rastignac ira, en descendant des hauteurs du Père-Lachaise, dîner non chez Delphine mais « chez madame de Nucingen ». Nuance significative. Il ne se rend pas chez une maîtresse aimée mais chez la femme d'un homme riche et influent. Première grave compromission et première étape d'une exemplaire ascension sociale. Si le père Goriot est vengé, c'est d'une bien étrange et douteuse manière. Adieu les émotions vraies et la pureté du cœur ! Satan a le dernier mot. Ce regard lancé sur la ruche bourdonnante pour en pomper le miel, n'est-il pas à l'image de celui du Malin ?

> *Œil du serpent*
> *qui pompe du regard ce qu'il suit en rampant[2].*

2. Fragment du poème *Paris* : « élévation », composé par Vigny en 1831.

Cet aboutissement, ce célèbre défi, sorte d'emblème verbal de Rastignac, le temps est venu d'en saisir l'ample signification.

LE DÉFI

Ce fameux « À nous deux maintenant ! » résonne comme un écho : « Allons donc ! À nous deux ! Voici votre compte, jeune homme » s'exclamait naguère Vautrin (p. 147) dressant le bilan de l'existence passée du jeune homme, lui prédisant son avenir et glorifiant ses ambitions : « Avoir de l'ambition, mon petit cœur, ce n'est pas donné à tout le monde. Demandez aux femmes quels hommes elles recherchent, les ambitieux. Les ambitieux ont les reins plus forts, le sang plus riche en fer, le cœur plus chaud que ceux des autres hommes » (p. 148).

Entre ce « naguère » et ce « maintenant », toutes les étapes d'une initiation à rebours qui conduit à l'amplification du défi : ce n'est plus à un homme qu'il s'agit de se mesurer, mais à toute une ville pour la vaincre en combat singulier.

Initiation à rebours, oui, car l'homme nouveau dressé au sommet du Père-Lachaise est tout entier marqué du sceau de l'Avoir. C'est à la vie matérielle qu'il s'éveille définitivement, non à la vie spirituelle. Depuis le discours initiatique de son terrible mentor qui, à l'inverse du précepteur de Télémaque, excite en lui toutes les passions mauvaises et les plaisirs coupables, Eugène de Rastignac a parcouru bien des cases sur le jeu de l'oie maléfique évoqué au début de cet essai. Parti modestement de la case initiale qu'est l'hôtellerie-pension Vauquer, il a tôt vu s'ouvrir pour lui deux beaux et prestigieux hôtels. Certes, dans celui de madame de Restaud, il perd pied en prononçant le nom tabou du père Goriot, mais sur le point de se noyer il est sauvé par la main secourable de madame de Beauséant dont le nom magique abat bien des barrières. Dès lors il progresse rapidement : « Entre le boudoir bleu de madame de Restaud et le salon rose de madame de Beauséant il avait fait trois années de ce *Droit parisien* » qui, bien pratiqué, « mène à tout » (p. 106).

Il côtoie les immenses abîmes ouverts par Vautrin, sans y tomber mais en renonçant insensiblement « aux nobles idées qui sont l'absolution des fautes de la jeunesse » (p. 209). Ainsi, il parvient à la case Delphine, jolie case dorée où l'amour peut se transformer en instrument de fortune... Passant les ponts, il déambule désormais en rêvant d'une rive à l'autre de la Seine, de la rue Neuve-Sainte-Geneviève à la rue Saint-Lazare, va-et-vient plein d'enseignements et de promesses, de récompenses parfois, comme ces baisers chaleureusement prodigués par Delphine au Palais-Royal, case ô combien bénéfique ! C'est là que, jouant au hasard sur le chiffre de son âge (vingt et un) les cent francs confiés par la jeune femme aux abois, il finit par gagner les sept mille francs qui lui ouvrent définitivement le cœur et la maison de sa maîtresse reconnaissante.

Cependant, parfois encore « tourmenté par de mauvaises idées » et prisonnier de lui-même, il lui arrive de faire « le tour de sa conscience », comme lors de cette longue promenade dans le jardin du Luxembourg où, resté seul, il médite (p. 260). Scène préfiguratrice, sur le mode mineur, de la scène finale dans le jardin funèbre du Père-Lachaise où nous voici maintenant. Ultime case du « jeu ». Le triomphe de la mort marque la fin du parcours labyrinthique. Le jour baisse et Eugène est à nouveau seul car celle qui l'a conduit là, c'est « la mort des pauvres, qui n'a ni fastes ni suivants ni amis ni parents » (p. 365) : le rythme même de la phrase suggère le final d'une danse macabre, et le lieu où nous sommes est un centre.

Le *Livre des labyrinthes*[1] nous apprend (et précisément à propos du « noble jeu de l'oie ») qu'« au centre du labyrinthe se trouve habituellement un arbre, et même semble-t-il un cyprès funèbre ; l'arbre de la vie et de la mort[2] », le centre étant aussi, bien entendu, « un lieu géographique » et, dans le cas précis du labyrinthe, « un point d'intersection entre la Terre et les Enfers ou même entre les trois royaumes du Ciel, de la Terre et de l'Enfer. Le centre pourra être placé au point d'arrivée d'une pérégrination en plaine [...] ou sur la cime d'une montagne[3] ».

Après ses pérégrinations en pays parisien, voici notre héros au faîte du cimetière de l'Est, lequel réunit bien, semble-t-il, toutes les conditions nécessaires pour en faire ce centre à la fois géographique et symbolique que nous venons d'évoquer ; lieu où l'homme est « appelé à une confrontation avec lui-même », « le centre du labyrinthe conten[ant] toujours une mutation[4] ». Le point final de notre roman, c'est précisément l'instant de la mutation. « Un humide crépuscule aga[ce] les nerfs », nous sommes entre lumière et obscurité. Eugène est exactement au point d'intersection de la terre où l'on vient d'ensevelir le père Goriot, du ciel qu'il contemple une dernière fois et de l'en-

1. De Paolo Santarcangeli, Gallimard, 1974.

2. *Ibid.*, p. 352.

3. *Ibid.*, p. 214.

4. *Ibid.*, p. 219.

fer parisien. « Paris tortueusement couché le long des deux rives de la Seine », tel un serpent monstrueux étiré aux dimensions d'une ville entière sur laquelle le héros prêt au combat darde son regard. Il est désormais parvenu « au point d'où l'homme peut contempler le cours de sa vie et la juger » (p. 290). Le cours de cette vie et le cours de la Seine se confondent. L'initiation s'achève, Eugène dépouille le vieil homme et l'on voit naître l'homme nouveau : Rastignac. R comme rapace, R comme roué et comme roue de fortune. Déjà la voici qui tourne, là où commencent à briller les lumières de la ville... À Rastignac appartiendront bientôt la puissance et la gloire terrestres. Regardez-le, debout, bras croisés lançant son défi : il y a du Napoléon en lui comme en tous les jeunes ambitieux de sa génération, nostalgiques du grand modèle. Est-ce un hasard si ses yeux conquérants s'attachent entre la colonne de la place Vendôme, symbole des victoires impériales, et le dôme des Invalides sous lequel reposeront dans quelques années[1] les cendres enfin rapatriées de l'Empereur ? Rastignac sera devenu alors ministre de Louis-Philippe[2] !...

1. En 1840.

2. Voir Dossier, p. 228.

" L'AVENIR, L'AVENIR EST À MOI... "

Que faire en attendant ? « Qui ira où il y a une tête de mort, dit la règle du jeu de l'oie, paiera le prix convenu et recommencera à jouer. » Il est donc normal qu'après avoir enterré le père Goriot et payé de ses dernières illusions, de ses dernières larmes, des derniers élans de son cœur pur l'avenir qui l'attend, il aille « pour premier acte de défi qu'il port[e] à la Société » dîner chez madame de Nucingen. Belle rentrée dans le « jeu » qui continue tandis que le roman s'achève. Fin provisoire et non clôture car à partir de maintenant précisément, le retour des personnages va transformer toute l'œuvre balzacienne en une sorte de vaste jeu de l'oie. Nous verrons non seulement Rastignac arriver aux plus prestigieuses grandeurs d'établissement mais encore Vautrin, payant le prix convenu au terme d'incarnations successives, passer du côté de la police. Nous verrons les femmes abandonnées renaître de leurs cendres et mourir à nouveau. Nous verrons Augusta de Nucingen remplacer sa mère sur la case la plus dorée de notre jeune ambitieux[1]. Nous verrons... et revenant alors au *Père Goriot* lu et relu, nous prendrons mieux conscience qu'une réunion semblable à celle des convives de la pension Vauquer « devait offrir et offrait en petit les éléments d'une société complète » (p. 40). Une société emportée par le mouvement tournoyant de l'Histoire, elle-même grand jeu de l'oie[2] : En effet, comme le dit savoureusement madame Vauquer, « nous avons vu Louis XVI avoir son accident, nous avons vu tomber l'Empereur, nous l'avons vu revenir et retomber » (p. 186) et le parcours de Rastignac s'inscrit d'abord dans l'histoire de la Restauration marquée, pour un temps, par le retour du pion royal. Éternel recommencement de la grande comédie humaine offerte à nos médi-

1. Voir Dossier, p. 228.

2. Le XIXᵉ siècle vit à cet égard, semble-t-il, une floraison du jeu de l'oie. En témoigne, entre autres, l'*Histoire de France racontée par le jeu de l'oie* d'Alain Girard et Claude Quetel (Balland-Massin, 1982).

tations par le truchement de l'œuvre balzacienne qui en révèle les splendeurs aux
misères conjuguées.

VII   " LIRE
C'EST CRÉER
PEUT-ÊTRE À DEUX "

Un livre est toujours, par nature, en attente
de lectures : lectures plurielles car il est
autant de lectures possibles que de lecteurs
potentiels, et chacune d'entre elles prolonge
l'œuvre, lui donne un supplément d'être, un
surplus de sens. Le temps est venu, à présent,
de déployer l'éventail des lectures suscitées
par *Le Père Goriot*. Nous commencerons, tout
naturellement, par celle du créateur lui-
même relisant et modifiant son texte.

" JE EST UN AUTRE "[1] : BALZAC LECTEUR DE LUI-MÊME

LES VARIANTES

1. Célèbre formule
de Rimbaud : voir
la lettre à Paul
Demeny datée du
15 mai 1871.

Du manuscrit au texte préoriginal de la
Revue de Paris et de celui-ci au texte final du
Furne corrigé en passant par les trois éditions Werdet et l'édition Charpentier, nous
pouvons suivre la passionnante évolution
d'une écriture en travail. Création continuée
sous la plume d'un Balzac en mouvement,

supprimant ici, ajoutant là, corrigeant noms, lieux, moments, chiffres et âges, rythmant ses phrases et châtiant son vocabulaire pour nous livrer ce *Père Goriot* que nous lisons. C'est ce qu'on appelle le travail des *variantes*, elles sont fort nombreuses pour notre roman[1]. Nous n'en retiendrons ici, à titre d'exemples, que les plus significatives, celles qui donnent un éclairage nouveau au texte en approfondissant les perspectives. Ainsi du discours cynique tenu par Vautrin à Rastignac, objet de nombreuses additions sur épreuves si bien que le texte de la *Revue de Paris* est deux fois plus étendu que celui du manuscrit : les principaux ajouts concernent l'éloge des ambitieux (p. 148) et la nécessité de savoir changer d'opinion (p. 158). Souvent, chemin faisant, Balzac étoffe son propos par des analyses psychologiques, des observations de moraliste, voire des maximes du genre : « Quand on connaît Paris, on ne croit à rien de ce qui s'y dit et l'on ne dit rien de ce qui s'y fait » (p. 202). Par ailleurs, certains noms propres sont modifiés : nous avons déjà souligné le passage de Massiac à Rastignac et le lien qu'il permet d'établir avec des œuvres antérieures comme *La Peau de chagrin*. Sur le manuscrit, mademoiselle Michonneau s'appelait Vérolleau : nom sans doute trop emblématique et simplificateur pour ce personnage-Judas plus complexe et redoutable qu'il n'y paraît... Certains lieux sont en extension et précisés par des repères géographiques ; ainsi du faubourg Saint-Marceau : dans le manuscrit, vaguement limité à l'est par la Pitié proche

1. Voir édition Pléiade, tome III, p. 1216 à 1331.

du Jardin des Plantes, il l'est précisément dans la *Revue de Paris* par la Salpêtrière, près du quai d'Austerlitz ; *All is true*, y compris les lieux de l'action, repérables par n'importe quel piéton de Paris.

Mais la plus intéressante pour nous de toutes ces variantes concerne le final du *Père Goriot* et mérite qu'on s'y attarde un instant. Le manuscrit s'achève sur les mots suivants : « " À nous deux maintenant ! " et il revint à pied rue d'Artois », c'est-à-dire chez lui où on peut l'imaginer méditant, hésitant : quittera-t-il Delphine ? Dans la *Revue de Paris* intervient le nom de madame de Nucingen et déjà la perspective est modifiée : « " À nous deux maintenant ! " Puis il revint à pied rue d'Artois et alla dîner chez madame de Nucingen » : après un détour par chez lui (et peut-être par sa conscience) il va dîner chez la femme du banquier Nucingen et non — nuance déjà notée — chez Delphine : le lien social avec le monde de l'argent est établi. Dernière variante enfin, celle du Furne corrigé : « " À nous deux maintenant ! " Et pour premier acte du défi qu'il portait à la société, Rastignac alla dîner chez madame de Nucingen » : le conquérant au nom rapace est en marche, il pénètre directement et résolument dans ce « beau monde » ardemment convoité. Le défi verbal s'accompagne d'un défi en acte. La leçon a été comprise : « Demandez aux femmes ce qu'elles recherchent, les ambitieux » (p. 148). Eh bien, soit. L'homme nouveau qui se dirige vers la maison Nucingen ce n'est plus Eugène, c'est l'Ambitieux, et Delphine n'est plus que l'enseigne de cette prestigieuse maison. Rappelons-nous les propos tout à la fois cyniques et prophétiques de madame de Beauséant : « La belle madame de Nucingen sera pour vous une enseigne. Soyez l'homme qu'elle distingue » (p. 116). Mission accomplie. Le roman débute et s'achève par un nom de femme. Au commencement, dans un quartier perdu de la rive gauche : madame Vauquer, née *de* Conflans, et sa pension bourgeoise pleine d'énigmes. À la fin, dans un élégant quartier de la rive droite : madame de Nucingen, née Goriot, et son gracieux hôtel qui n'abrite pas seulement des secrets d'alcôve. Balzac, au moment de la dernière variante du texte introduisant le premier acte de défi de Rastignac, a déjà écrit, par ailleurs, tout ce que son héros doit à cette maison Nucingen[1]. Car ainsi va la création balzacienne à partir du *Père Goriot*. Chacun des personnages survivants, pour le meilleur et pour le pire, continue son chemin à travers *La Comédie humaine*. À nous de reconstituer, de compléter leur parcours selon le modèle que Balzac lui-même nous a donné en esquissant en 1839, dans la préface d'*Une fille d'Ève*, la biographie de ce Rastignac, personnage-référence[2].

1. Le roman auquel elle donne son titre : *La Maison Nucingen*, a été publié en octobre 1838 et révèle comment Rastignac devient le « compère » de Nucingen. Voir Dossier, p. 212-213.

2. Voir Dossier, p. 148.

DES DESTINS EN MARCHE

Après avoir évoqué à travers plusieurs récits le cheminement de son héros jusqu'aux lendemains de 1830 (où il est sous-secrétaire d'État dans le ministère de Marsay), Balzac commente son initiative en ces termes :

Manuscrit du *Père Goriot*. Bibliothèque de l'Institut, Paris. Photo Jean-Loup Charmet.

1. Ces inconvénients résidant dans le fait qu'on peut connaître le milieu de la vie d'un personnage avant ses commencements (voir la première partie de cet Essai, p. 15).

2. Voir édition Pléiade, tome XII, p. 1143-1580.

3. Voir Dossier, p. 227-228.

4. Dans *Les Comédiens sans le savoir*.

5. Voir, à la fin de *Splendeurs et misères des courtisanes*, son entrevue avec monsieur de Granville.

6. Propos tenus dans *Splendeurs et misères des courtisanes*.

« Nous ne continuerons pas cette plaisanterie destinée à faire ressortir les inconvénients que l'auteur a la bonne foi de signaler lui-même[1], et qui peut-être paraîtront de profondes combinaisons, quand cette *Histoire des mœurs* aura des commentateurs. »

Effectivement les commentateurs patients et passionnés sont venus, se sont succédé et nous disposons aujourd'hui du précieux *Index des personnages fictifs de* La Comédie humaine[2].

La biographie de Rastignac est désormais complète[3]. Depuis *La Peau de chagrin*, il a reparu dans une vingtaine de romans avant de terminer brillamment sa carrière : en 1845 nous le retrouvons[4] comte, pair de France, ministre de la Justice avec trois cent mille livres de rente ! Irrésistible ascension...

Et Vautrin, son premier « conseiller », qu'est-il devenu pendant ce temps ? Depuis sa première apparition dans *Le Père Goriot* jusqu'à sa dernière et bien étrange incarnation dans *Splendeurs et misères des courtisanes*, il a vu durant vingt ans, comme il le dit lui-même, « le monde par son envers[5] ». Son royaume est celui de l'ombre, des coulisses et son pouvoir occulte n'a cessé de grandir.

Parmi tous les personnages nés de la plume balzacienne, Vautrin est peut-être celui qui hantera le plus l'imaginaire de son créateur. C'est « l'espèce de colonne vertébrale qui, par son horrible influence, relie pour ainsi dire *Le Père Goriot* à *Illusions perdues* et *Illusions perdues* à *Splendeurs et misères des courtisanes*[6] ». Échappé du bagne de Rochefort dès 1820, presque aussitôt après y être entré, il resurgit en effet « comme par enchantement » à la fin d'*Illusions perdues* sur le chemin de Lucien de Rubempré apprêtant son suicide. Ce Lucien beau comme Lucifer et acceptant, lui, le pacte refusé par Rastignac à la pension Vauquer. Ce qui *aurait pu être* dans *Le Père Goriot* s'accomplit dans *Splendeurs et misères* où Vautrin réalise son vieux rêve d'incarnation dans un beau « moi ». De son propre aveu, Vautrin devenu l'abbé Carlos Herrera[1] veut aimer sa créature « comme un père aime son enfant » et à l'heure où Lucien le trahit et choisit la mort, Vautrin le démoniaque, par un étrange retournement, se transforme en « Christ de la Paternité » comme le fut jadis Goriot : l'expression est pleinement justifiée par les attitudes et les propos que Balzac lui prête alors. Éprouvant une « angoisse [...] telle qu'elle eut raison de cette organisation de fer et de vitriol », il pleure et prie, en proie à la « dissolution de toutes les forces humaines[2] ». Il ne mourra pas cependant, mais deviendra chef de la police avant de prendre... sa retraite en 1845 !

Ainsi s'achève sa carrière dans *La Comédie humaine*, mais Balzac, parallèlement à la grande œuvre qui s'édifie, écrit souvent pour le théâtre, et Vautrin est, en 1840, le héros d'un méchant drame en cinq actes qui n'aura qu'une seule représentation, avec Frédérick Lemaître dans le rôle principal[3]. Dernier avatar... On a souvent l'impression qu'à partir d'un même « négatif », au sens photographique du terme, Balzac tire plusieurs épreuves retouchées d'un même personnage. Ainsi Goriot meurt, mais dans *L'Envers de*

1. Par le meurtre du vrai Carlos dont il usurpe l'identité.

2. Voir *Splendeurs et misères des courtisanes*.

3. Sur ce drame intitulé *Vautrin*, voir au tome XXII des *Œuvres complètes* de Balzac éditées par Les bibliophiles de l'originale, Paris, 1969, toutes les précisions fournies par René Guise. Voir aussi un extrait de la pièce dans le Dossier, p. 229.

1. Voir la dernière partie intitulée *L'Initié*, écrite à l'automne 1847, et les pages de cet Essai consacrées au père Goriot lui-même (« Au nom du père »).

l'histoire contemporaine, il semble léguer bien des traits au malheureux monsieur Bernard[1]. De même madame *Vauquer*, personnage non reparaissant, se réincarne partiellement en madame *Vauthier*, propriétaire de la maison plus que modeste où ledit monsieur Bernard trouve refuge aux lisières de la ville. Quant à Godefroid, « l'Initié », il semble être le double négatif de Rastignac, son exact envers. Au début du roman il « contemple » lui aussi Paris, mais accoudé au parapet d'un pont. Vision non plus verticale mais horizontale d'une ville non du présent mais du passé : là, en effet, Godefroid la « rêve » depuis les Romains jusqu'à Louis-Philippe et son nouveau destin va se jouer à l'ombre de Notre-Dame, dans le silence et la méditation d'un lieu désert. À la veille de son initiation, il s'écrie : « Le monde des malheureux va m'appartenir » : écho inversé du fameux « À nous deux maintenant ». C'est, de son propre aveu, en s'annulant que l'ex-dandy Godefroid a trouvé « ce pouvoir tant désiré depuis si longtemps ». Comme Vautrin, Balzac voit bien ici, d'une certaine manière, le monde par son envers, d'où le titre de ce dernier roman où toutes les valeurs s'inversent. Certes, c'est le destin de Balzac lui-même qui fait de cet étrange ouvrage souvent décrié son dernier écrit. Il ne sait pas encore, au moment où il en rassemble les fragments, que la mort va laisser à tout jamais son grand œuvre inachevé, mais, relu dans la perspective prolongée du *Père Goriot*, *L'Envers de l'histoire contemporaine* invite à bien des questions. Que serait devenu le roman balzacien

1. Pour tout ce qui concerne ce roman, voir la préface de l'édition Pléiade établie par J. Guichardet (au tome VIII) et son article intitulé « *L'envers de l'histoire contemporaine* » : *une étrange gestion du passé* » (actes du colloque sur *Le Moment de La Comédie humaine*, PUV, 1993).

2. Voir *La Femme abandonnée*.

3. Voir *La Duchesse de Langeais*.

4. Voir *Les Petits Bourgeois*.

5. Voir *Le Député d'Arcis*.

6. Voir *Gobseck* : c'est en 1835 que Balzac rattache au *Père Goriot* cette nouvelle écrite en 1830 puis considérablement augmentée au moment même de la publication en volume du *Père Goriot*. Au départ, madame de Restaud n'était pas née Goriot. Nous avons ici un exemple type du lien établi après relecture entre des œuvres primitivement séparées.

au-delà de ce récit-limite, né au moment même de *La Comédie humaine*, en 1842, et achevé seulement en 1847 ? Sorte de *Père Goriot* en quête de consolation où le triomphe des valeurs spirituelles s'accompagne trop souvent, hélas ! d'une certaine fadeur moralisatrice[1].

Ce ne sont là que quelques perspectives, elles n'ont pas la prétention d'apaiser les curiosités légitimes du lecteur sur le devenir des personnages rencontrés dans *Le Père Goriot*. Il faut, pour cela, se reporter à l'*Index des personnages fictifs* déjà mentionné, puis... lire tous les romans auquel il renvoie sans omission ! Si c'est Bianchon qui vous intéresse, sachez que Balzac le fait reparaître dans vingt-sept romans car il devient le plus célèbre des grands consultants de *La Comédie humaine*. Si c'est le côté des femmes que vous souhaitez explorer, sachez que la belle madame de Beauséant est décidément vouée à l'abandon[2], que la duchesse de Langeais fuira Paris comme elle et peu après elle pour devenir carmélite dans un couvent espagnol et y mourir d'amour[3] sous le nom de sœur Thérèse ! L'infâme Michonneau épousera son Poiret qui la laissera veuve[4]. Delphine de Nucingen, après une longue liaison avec Rastignac, rompra avec lui et le mariera à sa fille Augusta[5] ! Quant à sa sœur, la belle Anastasie, elle continuera d'expier chèrement sa passion pour Maxime de Trailles et... pour l'argent[6].

À chacun d'entre nous d'assembler les morceaux du puzzle pour obtenir le dessin qu'il souhaite à la manière de Balzac...

Les poupées qui, sur le bureau de Balzac, lui servaient de pense-bêtes pour les personnages de *La Comédie humaine*. Maison de Balzac, Paris. Photo Jean-Loup Charmet.

« *LE PÈRE GORIOT* N'A PAS ÉTÉ SUFFISAMMENT COMPRIS »[1] : LA LECTURE CRITIQUE CONTEMPORAINE DE BALZAC

1. Le propos figure dans la préface de la deuxième édition Werdet.

2. Voir la première partie de cet Essai et le Dossier, p. 231-232.

3. Voir préface de l'édition originale.

Si les lecteurs habituels de romans furent d'emblée conquis par *Le Père Goriot* dont le succès fut immédiat[2], il n'en va pas de même pour la critique professionnelle, « cette vieille parasite des festins littéraires qui est descendue du salon pour aller s'asseoir à la cuisine, où elle fait tourner les sauces avant qu'elles ne soient prêtes[3] ».

Que reproche-t-elle ici à Balzac ? Souvent, c'est l'exagération du trait qui est mis en cause à propos du personnage même de Goriot. Par exemple *Le Constitutionnel* du 13 avril 1835 voit en lui un « type exagéré du sentiment purement instinctif, du sentiment qu'aucune lueur de raison n'éclaire » et beaucoup de journaux s'indignent que Balzac ose l'appeler « Christ de la Paternité » alors qu'il a perdu « son diadème de dignité » selon le *Journal des femmes* du 1er juillet 1835. Dès lors, quel blasphème de le comparer au Christ ! C'est plutôt « le pourceau » de la Paternité. La morale s'émeut devant « les peintures de mauvaises mœurs et les tableaux cyniques », l'abondance scandaleuse des femmes adultères. Et puis, le fameux retour des personnages déconcerte, semble contraire au mystère qui toujours doit s'attacher au roman. Critiques de myopes qui scandalisent Balzac. Il y répond dans deux préfaces successives[4] qui méritent lecture attentive. Il plaide pour une plus large vision des êtres et des choses, pour

4. Voir édition Folio, p. 391-405.

l'inscription de son roman dans le plus vaste ensemble qu'il projette et qui justifie les personnages reparaissants. Quant aux femmes de mauvaises mœurs, il en tient comptabilité, dressant face à leur colonne maudite celle des femmes vertueuses. Bilan sur le mode ironique ; les femmes vertueuses l'emportent largement et l'avenir leur appartient : « Quoique l'auteur ait encore quelques fautes en projet, il a aussi beaucoup de vertu sous presse. »

Ironie veinée d'amertume. Le ton monte dans la seconde de ces préfaces : « Comment un auteur ne tâcherait-il pas de se débarrasser du San-Benito dont la Sainte ou la maudite inquisition du Journalisme le coiffe en lui jetant à la tête le mot *immoralité* ? » Ce n'est pas son œuvre qui est immorale, mais bien la société qui lui sert de modèle. D'ailleurs « ceux qui crient contre cette œuvre la justifieraient admirablement bien, s'ils l'avaient faite ! ».

Derrière l'aigreur du propos, une vérité encore à venir se fait jour : le critique véritable doit être lui-même un créateur, comprendre l'œuvre *de l'intérieur* et non la juger en vertu de critères extérieurs qui sont autant de *préjugés*. Critique d'adhésion profonde tout à l'opposé de la critique normative. C'est celle de Baudelaire, de Proust, de tous ceux qui, dans leur sillage, seront avant tout sensibles à la *vision* chez l'artiste.

D'instinct, Balzac historien des mœurs et nouvel historien avant la lettre, se situe non dans le temps court mais dans la longue durée, et même le succès immédiat rencontré auprès des simples lecteurs ne le satisfait pas, tant il lui semble parfois suspect. Certes « *Le Père Goriot* fait fureur, il n'y a jamais eu tant d'empressement à lire un livre[1] », mais cela ne prouve pas qu'il ait été vraiment compris dans toutes ses dimensions. Promotion liée en partie aux « marchands [qui] l'affichent d'avance[2] », soucieux avant tout de profit. « Belle chose que d'entendre de sots compliments sur des œuvres écrites avec notre sang[3] », et que dire des contrefaçons immédiates, fruits empoisonnés du succès ; des falsifications ? Exemple : une traduction russe de l'ouvrage, publiée dès le début de 1835 à Saint-Pétersbourg d'après le texte de la *Revue de Paris*, modifie complètement le dénouement : après son défi à Paris, Rastignac se rend... chez Taillefer pour y faire sa demande et devient d'emblée millionnaire. Tout est bien qui finit bien ! Suivent les adaptations théâtrales : dès avril 1835, une comédie en trois actes tirée de l'ouvrage est jouée aux Variétés et une autre en deux actes, mêlée de chants, fait les beaux soirs du Vaudeville. Ô dérision ! Mais comme Frenhofer, le héros du *Chef-d'œuvre inconnu*, Balzac voit « plus haut et plus loin » que les autres hommes et peut-être pressent-il que son œuvre, pour être vraiment comprise, devra attendre ses vrais destinataires, ceux des générations à venir : « D'ailleurs pourquoi l'auteur n'avouerait-il pas sa prétention de faire une œuvre digne d'être relue et qui offre de tels attraits à ceux qui voudront la pénétrer, que cette seconde lecture devienne pour lui l'occasion d'une victoire remportée sur

1. *Lettre à madame Hanska*, 10 février 1835.

2. Lettre à madame Hanska, 1er mars 1835.

3. *Ibid.*, 24 août 1835.

l'indifférence de son époque en matière de
haute et grave littérature[1] ? »

LE PÈRE GORIOT : " UNE ŒUVRE DIGNE D'ÊTRE RELUE "

Du vivant même de Balzac, Baudelaire le
premier perçoit en lui le visionnaire épique,
sensible à « l'héroïsme de la vie moderne », et
ce n'est point hasard si le vibrant hommage
rendu à la fin du *Salon de 1846* prend sa
source à la pension Vauquer, « car les héros
de l'Iliade ne vont qu'à votre cheville, ô Vautrin, ô Rastignac, ô Birotteau [...] et vous ô
Honoré de Balzac, vous le plus héroïque, le
plus singulier, le plus romantique et le plus
poétique parmi tous les personnages que
vous avez tirés de votre sein[2] ».

2. Voir *Curiosités
esthétiques, Salon de
1846,* chapitre XVII,
« De l'héroïsme de
la vie moderne ».

Quelques années après la mort de l'écrivain, c'est un bel essai de Taine publié par le
Journal des débats en février-mars 1858 qui
invite à approfondir les perspectives et
insiste sur un Balzac philosophe et poète tout
ensemble, traduisant par des formes nouvelles la complexité désordonnée du monde
moderne. Ses mots « font parcourir les
quatre coins de la pensée et du monde » et
c'est la référence à l'ensemble qui donne sens
à la lecture de chaque ouvrage[3]. Derrière
l'histoire de Rastignac, jeune homme type
du XIXᵉ siècle, Taine voit se profiler celle
d'Hamlet qui est de tous les temps, éternelle
histoire de « l'adolescent généreux, ennobli
par les caresses de la famille et les illusions de
la jeunesse, qui tout d'un coup, tombé dans le

3. Voir dans l'*Année
balzacienne*, 1991,
l'éclairant article
de Jean-Thomas
Nordmann intitulé
« Taine et Balzac ».

bourbier de la vie, suffoque, se débat, sanglote et finit par s'y installer ou s'y noyer ». Balzac shakespearien conduisant le lecteur du *Père Goriot* à une sorte de « calme supérieur » propice à la méditation. Rencontre d'un créateur et d'un critique qui en nourrit sa réflexion sur le roman en général. Rencontre aussi du créateur du *Père Goriot* avec d'autres créateurs-critiques fascinés qui lui doivent en partie leur vocation. Ainsi de... Paul Bourget ; à l'âge de quinze ans il lit le roman dans un cabinet de lecture de la rue Soufflot : « éblouissement », « révélation ». Il se déclare envoûté et c'est après l'ébranlement de cette première lecture du *Père Goriot* qu'il songe à devenir écrivain[1].

Fascination proche de celle d'un Barrès, demeuré fidèle à son admiration d'adolescence pour Balzac, même lorsqu'il tente de s'en défendre. Le 28 juin 1887, dans un article intitulé « La contagion des Rastignac[2] », il dénonce l'influence néfaste du personnage, affirmant que depuis un demi-siècle « les aventuriers trop nombreux, trop invraisemblables que *La Comédie humaine* nous offre et dont Rastignac est le prince, ont surexcité les nerfs et le cerveau de tous les jeunes ambitieux » et pourtant, conclut-il, « le grand Balzac nous stupéfie et fait que nous l'admirons toujours et quand même ».

Pourquoi ici faire référence à Bourget, à Barrès, marginalisés par notre époque en quête de forces et formes nouvelles de l'imaginaire ? Simplement pour leur rendre justice : étoiles obscurcies, ils n'en appartiennent pas moins à la grande galaxie où

1. Voir dans l'*Année balzacienne*, 1991, l'article de Michel Raimond : « Le Balzac de Paul Bourget ».

2. Paru dans *Le Voltaire*.

notre œil distingue surtout les étoiles de première grandeur frappées par la lumière balzacienne. Au nombre de celles-ci, Flaubert entré, lui, dans une immense gloire posthume, Flaubert qui eut bien du mal parfois à éloigner de lui les tentations balzaciennes...

1. Celle de 1845.

La première *Éducation sentimentale*[1] est, comme *Le Père Goriot*, roman d'apprentissage et le titre même (conservé en 1869) semble prendre sa source dans ces propos de Balzac concernant Rastignac : « Déjà son éducation commencée avait porté ses fruits », « son éducation s'achevait ». Certes, Frédéric Moreau le velléitaire est une sorte d'anti-Rastignac (ce Rastignac dont Deslauriers évoque l'exemple : « Rappelle-toi Rastignac dans *La Comédie humaine* ») ; certes, « Flaubert nivelle en morne plaine le sommet que dressait le roman balzacien[2] ». Som-

2. Voir André Vial, « Flaubert, émule et disciple émancipé de Balzac : *L'Éducation sentimentale* », *RHLF*, juillet-septembre 1948.

met cependant toujours présent à l'œil de l'esprit quand l'écrivain entre en travail ; son manuscrit en témoigne[3]. Si l'on a pu voir dans *L'Éducation sentimentale* une sorte d'anti-*Père Goriot*, c'est que le modèle à combattre n'est jamais loin. N'oublions pas que Flaubert plaçait *La Comédie humaine* bien au-dessus des *Misérables* ! Comparaison pertinente : le grand roman de Victor Hugo est tout plein lui aussi de réminiscences, d'échos. V comme Vautrin, mais aussi V comme Valjean... La grandiose statue du Mal semble avoir enfanté dans *Les Misérables* son double de lumière, ce forçat rédempteur qui est aussi un Christ de la Paternité. Impossible de ne pas penser au père Goriot lorsque Jean Valjean évoque, dans la chambre vide

3. Voir l'étude très précise de Guy Sagne dans l'*Année balzacienne*, 1981 : « Tentations balzaciennes dans le manuscrit de *L'Éducation sentimentale* ».

« Quand le valet de chambre de la vicomtesse annonça monsieur Eugène de Rastignac, il fit tressaillir de joie le marquis d'Ajuda-Pinto. »
Le père Goriot. Illustration de Laisne. Collection particulière. Photo Jean-Loup Charmet.

de Cosette et devant ses vêtements d'enfant conservés comme des reliques, ce qui fut en quelque sorte son paradis. Paradis perdu : « Alors sa vénérable tête blanche tomba sur le lit, ce vieux cœur stoïque se brisa [...] et si quelqu'un eût passé dans l'escalier en ce moment, on eût entendu d'effrayants sanglots[1]. » Cependant, plus heureux que Goriot, Jean Valjean meurt entre Cosette et Marius, ses « anges » retrouvés « éperdus, étouffés de larmes ». Il faut relire cette mort lumineuse de Jean Valjean à la sombre lumière de celle de Goriot et les suivre tous deux jusqu'au Père-Lachaise où ils reposent pour percevoir leur étroite parenté romanesque. À vrai dire, aucun des grands romans du siècle finissant n'échappe à Balzac, butte-témoin incontournable. Zola se veut héritier de Balzac ; le cycle des Rougon-Macquart reprend le principe du retour des personnages, pour la première fois à l'œuvre dans *Le Père Goriot* et si mal compris des contemporains de Balzac. Et un personnage comme Saccard ne doit-il pas quelque chose, notamment dans *La Curée*, à Rastignac ? Deux noms rapaces – « Il y a de l'argent dans ce nom-là », dit Saccard triomphalement à propos du sien. « Saccard !... avec deux C... Hein[2] ! » – pour un ambitieux à l'état pur qui redouble en les aggravant les plus mauvais penchants du jeune héros balzacien. Comme lui jeune provincial monté à Paris, comme lui il défie la grande ville depuis les hauteurs de Montmartre, mais dans une attitude qui est l'inquiétante caricature de celle d'Eugène au Père-Lachaise, d'où « un vague effroi de

1. Voir Dossier, p. 191.

2. Voir *La Curée*, Folio, p. 87.

voir ce petit homme se dresser au-dessus du géant couché à ses pieds et lui montrer le poing, en pinçant ironiquement les lèvres[1] ». Il s'agit cette fois de la mise à mort de Paris. Un Paris à dépecer. Les yeux de Saccard comme ceux de Rastignac s'attachent avidement à la colonne Vendôme, mais dans une inextinguible soif de destruction, prélude à la métamorphose de la ville : « C'est la colonne Vendôme, n'est-ce pas, qui brille là-bas ?... Ici, plus à droite, voilà La Madeleine... Un beau quartier, où il y a beaucoup à faire... Ah ! cette fois, tout va brûler ! Vois-tu ?... On dirait que le quartier bout dans l'alambic de quelque chimiste[2]. »

Mais déjà, l'influence du *Père Goriot* s'est fait sentir hors de nos frontières. Père nourricier pour l'œuvre d'un Dostoïevski : dès seize ans il lit une traduction abrégée du roman et s'en imprègne. Comme le remarque Rose Fortassier[3] : « On ne peut s'empêcher de percevoir en *Ras*kolnikov comme un écho de *Ras*tignac » et la vie de l'étudiant pétersbourgeois de *Crime et Châtiment* « s'inspire à l'évidence de celle de l'étudiant parisien : mêmes problèmes d'argent, même abandon du travail livresque [...] même arrivée des subsides ». Une scène surtout a frappé l'imagination de Dostoïevski au point que peu de temps avant sa mort, il la citait encore de mémoire : c'est celle où Rastignac évoque pour Bianchon le cas de conscience lié au meurtre éventuel d'un mandarin au fond de la Chine (p. 186).

Ce ne sont là que quelques exemples de ces lectures ferventes, nourricières d'œuvres, que Balzac appelait de ses vœux. Lectures d'écrivains auxquelles, peut-être, il faudrait joindre les lectures complémentaires de ces autres créateurs que sont les illustrateurs. Souvent ils nous invitent aussi, à leur manière, à un approfondissement des perspectives.

LE PÈRE GORIOT ILLUSTRÉ : QUELQUES EXEMPLES

« Peut-être », disions-nous, car aborder cette question c'est poser l'épineux problème non résolu de la trahison de l'œuvre littéraire par l'illustration. Qu'on se souvienne de l'indignation de Flaubert devant l'éventualité d'un *Bouvard et Pécuchet* illustré : « Comment, le premier imbécile venu irait dessiner ce que je me suis tué à ne pas montrer ? » Reste que Balzac n'est pas Flaubert, qu'il s'efforce au contraire de « donner à voir » par ses nombreuses descriptions, et c'est plutôt du côté de Roland Barthes que nous nous tournerons pour plaider la cause des illustrateurs si souvent tentés (et ce, dès les commencements) par l'œuvre de Balzac : « Toute description littéraire est une *vue*. On dirait que l'énonciateur, avant de décrire, se poste à la fenêtre, non tellement pour bien voir, mais pour fonder ce qu'il voit par son cadre même : l'embrasure fait le spectacle. Décrire, c'est donc placer le cadre vide que l'auteur réaliste transporte toujours avec lui [...] devant une collection ou un continu d'objets inaccessibles à la parole sans cette opération maniaque [...], pour pouvoir en parler il faut que l'écrivain, par un rite initial, transforme d'abord le " réel " en objet peint (encadré) ; après quoi, il peut décrocher cet objet, le *tirer* de sa peinture : en un mot : le dé-peindre (dépeindre c'est faire dévaler le tapis des codes, c'est référer, non d'un langage à un référent, mais d'un code à un autre code). Ainsi le réalisme (bien mal nommé, en tout cas souvent mal interprété) consiste, non à copier le réel, mais à copier une copie (peinte) du réel[1]. » Dès lors, comment ne pas absoudre ceux qui tentent au moyen de leur langage propre de remonter à la source ? La meilleure façon de rendre compte d'une page de Balzac ne peut-elle être, parfois, une planche gravée de Daumier[2] comme celle qui, dès l'édition Furne, présente à nos regards apitoyés un inoubliable père Goriot[3] ? L'artiste semble avoir saisi l'essence même du personnage, sa bouleversante solitude. Pauvre être hébété de chagrin, voûté d'un grand silence, il se grave à son tour dans notre esprit comme l'expression même du regard intérieur de Balzac. Il est accompagné, dans cette édition revue et corrigée par l'écrivain — lequel n'a nullement récusé ses illustrateurs —, de madame Vauquer, interprétée par Bertall, et de Vautrin, né lui aussi du crayon de Daumier. Trois personnages, c'est tout. Curieusement Rastignac est absent, mais il prendra une belle revanche au fil des éditions ultérieures. Il serait hors de propos ici d'en dresser la liste exhaustive. Il s'agit seulement de donner quelques exemples susceptibles d'infléchir

1. Roland Barthes, *S/Z*, Seuil, 1970, p. 61-62.

2. On pense à Baudelaire critique d'art affirmant que la meilleure façon de rendre compte d'un tableau est peut-être un sonnet ou une élégie...

3. Voir dossier iconographique.

notre lecture en des sens différents, de la prolonger parfois vers des horizons seulement esquissés par le romancier. L'édition Maresq des œuvres illustrées de Balzac (1852) est, à cet égard, bien intéressante. Il s'agit d'une édition populaire dont les illustrations nombreuses (quinze)[1] et insérées dans le corps du texte attirent vigoureusement l'attention sur des scènes choisies dont certaines ne sont pas décrites dans le roman ! On voit par exemple le père Goriot présidant sa section pendant la Révolution ou en pleine activité commerciale parmi des sacs de blé et de farine. Insistance sur un passé historique lié à un passé individuel expliquant en partie le présent. Les personnages dits « secondaires » ne sont pas oubliés : Christophe et la grosse Sylvie s'affairent dans une cuisine douteuse. Poiret et Michonneau complotent sur leur banc du Jardin des Plantes. La scène de l'arrestation de Vautrin, très théâtralisée, précède une consultation de plusieurs médecins auprès du père Goriot agonisant ; mais c'est ici Rastignac qui tient la vedette avec cinq illustrations, chacune d'elles évoquant une facette de sa personnalité multiforme. On le voit successivement présenté par d'Ajuda Pinto à madame de Nucingen, faisant son entrée à la maison Vauquer en tenue élégante sous les hourras des pensionnaires, dans la maison de jeu du Palais-Royal, puis seul au pied du lit de mort du père Goriot, et enfin au faîte du cimetière du Père-Lachaise.

D'une manière générale toutes les éditions retiennent les scènes fortes et les illustrations les plus souvent reparaissantes

1. Ce sont des gravures en noir et blanc de T. Johannot, Staal, Bertall, Lampsonius, Monnier, Daumier, Meissonier. On peut consulter cette édition à la Maison de Balzac.

concernent l'arrestation de Vautrin, la mort de Goriot et le défi de Rastignac. Mais il arrive que certains illustrateurs tel Quint en 1922[1] imaginent des personnages ou des scènes dont Balzac fait seulement mention. Ainsi de la tante Marcillac et de l'entrevue de Victorine et de son Taillefer de père. Appel à l'imagination du lecteur qui, de cette manière, prolonge le roman, le fait déborder de son cadre.

Trahison ? Péché contre la « vérité littéraire » ? Dans l'essai qui porte ce titre, Marthe Robert insiste sur « la résistance tout à fait générale de n'importe quelle forme d'art à se laisser transposer dans un autre registre que le sien, fût-il apparemment voisin. [...] Qu'il n'y ait pas de commune mesure entre la phrase écrite ou chantée, et les images visuelles que l'on peut en tirer, c'est un fait qu'on n'a pas de peine à vérifier », affirme-t-elle[2]. Peu importe que l'image ajoutée ou substituée au texte ait en elle-même de la valeur. De toute manière, elle est à proscrire car l'objet vu tue l'objet écrit, dès qu'il s'en saisit pour le représenter. Pourquoi ? Parce que les images écrites n'existent que dans le temps et l'espace d'une organisation verbale qui a sa cohérence propre à l'intérieur d'un genre délimité. Vérité générale, soit, mais qui admet sans doute ses exceptions et Balzac en est une. Julien Gracq en vient presque à regretter au contraire que l'œuvre du romancier n'ait pas été dès sa publication aussi abondamment et fidèlement illustrée que « par exemple Jules Verne par son éditeur Hetzel[3] » car alors avec de

1. Le *Père Goriot*, René Kieffer, éditeur d'art, 1922. Les illustrations de Quint en couleurs sont dans le corps du texte.

2. Voir *La Vérité littéraire*, Grasset, 1981, p. 63.

3. Voir *En lisant, en écrivant*, Corti, 1981, p. 22.

pareilles images inséparables du texte « nous sentirions mieux, nous saisirions plus clairement la singularité balzacienne essentielle qui est un enserrement, et presque un enfouissement de chaque personnage dans le réseau hyperbolique de relations matérielles où il se trouve [...] véritablement emmailloté, au point qu'à la limite il n'est presque plus séparable de ces enveloppes aussi concentriques et aussi serrées que les pelures d'un oignon, enveloppes qui le dessinent, le moulent, et presque en définitive, pour nous le font être[1] ». C'est le moment de rappeler ici la remarque de Balzac lui-même à propos de madame Vauquer : « toute sa personne explique la pension, comme la pension implique sa personne ».

Dès lors on peut s'étonner que *Le Père Goriot* (comme d'ailleurs tous les autres romans de *La Comédie humaine*) comporte surtout des illustrations de personnages au détriment des lieux. Ceux-ci sont tout au plus *suggérés* par un ou deux éléments mais jamais vraiment *représentés*. Et l'on se prend à rêver à ce que pourrait être une lecture des premières pages du *Père Goriot* à la lumière, par exemple, des superbes photographies prises par Marville dans le faubourg Saint-Marceau[2]. Un Marville dont le regard sur l'espace urbain semble souvent celui d'un lecteur attentif de *La Comédie humaine*[3].

C'est sans doute du côté de l'image en mouvement, de l'image cinématographique qu'il faut chercher cette présence des lieux, lieux extérieurs et intérieurs. Le metteur en scène est aussi avec ses moyens propres une

1. *Ibid*, p. 22-23.

2. Voir dossier iconographique. Ces photos ont été prises peu de temps après la mort de Balzac, dans les années 1855-1860.
3. Voir dans J. Guichardet, *Balzac « archéologue de Paris »*, CDU-SEDES, 1986, le chapitre intitulé « " Ceci " ne tuera pas " Cela " » et plus spécialement les p. 411 et suivantes consacrées à Marville.

sorte de traducteur de l'œuvre et *Le Père Goriot* a inspiré plusieurs films[1]. C'est à Eisenstein que nous laisserons ici la parole. Parole de maître : il a enseigné durant quatorze ans la mise en scène et une partie de son cours se réfère au *Père Goriot*. Ses étudiants avaient en tête, à une large majorité, l'idée d'une table ronde pour la salle à manger de la pension Vauquer. « Erreur », car ce serait réunir sans différenciation sociale les divers pensionnaires. Ce qu'il faut, c'est une table rectangulaire car : « Madame Vauquer, cela va de soi, est assise au haut bout de la grande table, et par là même, elle préside ; celui qui possède ne serait-ce qu'une serviette de plus que les autres se voit attribuer la place d'honneur à son côté. Les pensionnaires qui ne sont intéressants ni par leur situation financière, ni par leurs relations influentes, ont leur place à distance respectueuse de madame Vauquer. Au bas bout de la table s'assied enfin l'extrême misère. C'est là que

le père Goriot aura sa place[2]. » Par la façon de disposer la tablée, il s'agit de reproduire le principe de la différenciation des personnages tel que Balzac, lui, le réalise par la répartition des chambres. Ce qu'il faut montrer, c'est « le sens de leurs rapports mutuels. [...] L'essentiel pour nous, ce n'est pas la mise en scène à effet, mais l'explicitation de la pensée de Balzac ». En plaçant Goriot au bas bout et en laissant une ou deux places vides à côté de lui on donne déjà au spectateur, dit Eisenstein, « un moyen d'interpréter des traits essentiels de ce personnage et de tout le roman en général[3] ». À ce degré de précision et d'exigence, donner à voir c'est donner à sentir et à comprendre dans l'instant.

Le Père Goriot enfin ne saurait être envisagé dans tous ses états sans que nous évoquions ici ses nombreux traducteurs. Après tout, traduire n'est-ce pas aussi créer à deux et « illustrer » (au sens de rendre illustre) ? Il y a longtemps déjà que Balzac vit à l'heure de l'Europe[1] et au-delà. À côté des traductions allemandes, anglaises, espagnoles (vingt-trois traductions à ce jour en Espagne, la première datant de 1838 !), portugaises, italiennes, grecques, hollandaises, polonaises, russes, roumaines, hongroises, suédoises, norvégiennes du *Père Goriot*, on en trouve de plus insolites qui témoignent de l'immense succès de l'œuvre : il y a des *Père Goriot* turcs, azerbaïdjanais, coréens, chinois... et la liste n'est pas close. Belle revanche en vérité de « haute et grave littérature » sur les lectures trop partielles et partiales que Balzac déplorait à son époque.

VIII   À CHACUN D'ENTRE NOUS, MAINTENANT !

Nous voici au terme de cet « essai » et le mot est à prendre ici au sens modeste où Montaigne l'entendait : celui d'ébauche, d'esquisse excluant tout dogmatisme et toute

« Mais dans ce temps-là j'étais un enfant, j'avais votre âge, vingt et un ans. Je croyais encore à quelque chose, à l'amour d'une femme, un tas de bêtises dans lesquelles vous allez vous embarbouiller. »
Le père Goriot. Lithographie de Victor Adam, 1836. Maison de Balzac, Paris. Photo Jean-Loup Charmet.

prétention : « Tel fait des essais qui ne saurait faire des effets. »

Nous n'avons fait qu'esquisser des parcours possibles en espace textuel, en donnant quelques repères. Il en est d'autres, et c'est à chacun d'entre nous maintenant de trouver son propre chemin avec ce qu'il *sait*, avec ce qu'il *est* aussi au plus profond de lui-même : ce livre que nous tenons, lu et relu, peut le lui révéler car il appartient au monde de « l'art véritable », tel que le concevait Proust (fervent lecteur de Balzac), et non à « la littérature de notations[1] ». L'art véritable, seul capable de « révélation » essentielle, seul capable de défaire « ce travail qu'avaient fait notre amour-propre, notre passion, notre esprit d'imitation, notre intelligence abstraite, nos habitudes » pour nous inviter à « la marche en sens contraire », à ce « retour aux profondeurs, où ce qui a existé réellement gît inconnu de nous[2] ».

Si l'ardent sanglot du père Goriot continue de rouler d'âge en âge, si le regard de Vautrin continue de fouiller les consciences, si le vertige d'un Rastignac funambule oscillant entre Être et Avoir sur la corde de son destin se prolonge en nous, c'est que leur créateur est l'un de ces phares dont le « rayon spécial » éclaire bien au-delà des choses vues en un temps et un lieu donnés. Son art est aux antipodes de « ce double emploi si ennuyeux et si vain de ce que les yeux voient et de ce que l'intelligence constate[3] ». Ce « réalisme » étroit, documentaire, n'est nullement celui du *Père Goriot*. Certes l'œuvre est témoignage sur une époque, une société,

1. Sur cette distinction proustienne, voir Dossier, p. 241.

2. *À la recherche du temps perdu, Le Temps retrouvé*, Pléiade, tome III, p. 896.

3. *Ibid.*, p. 895.

mais elle est aussi et surtout invite toujours recommencée au déchiffrement passionné des signes derrière lesquels se cache la « vraie réalité », « celle qui en un sens habite à chaque instant chez tous les hommes aussi bien que chez l'artiste. Mais ils ne la voient pas parce qu'ils ne cherchent pas à l'éclaircir[1] ».

1. *Ibid.*

Le Père Goriot contient en germe, nous l'avons vu, toute *La Comédie humaine* car de ce roman date l'« illumination » du retour des personnages. Il signe l'acte de naissance du visionnaire aux regards tournés vers l'avenir, drapé dans un orgueilleux défi aux apparences, tel qu'en lui-même enfin Rodin le saisira émergeant d'un bronze aux résonances infinies.

DOSSIER

I. LES TRAVAUX ET LES JOURS D'HONORÉ DE BALZAC DURANT LA RÉDACTION ET LES PUBLICATIONS DU *PÈRE GORIOT*[1]

A. CALENDRIER[2]

1834

Vers le 25 septembre

Épuisé de fatigue par l'achèvement de la deuxième livraison des *Études de mœurs* qui contient *La Recherche de l'Absolu*, Balzac quitte Paris pour Saché où il restera trois semaines environ*.

28 septembre

La *Revue de Paris* annonce :

« M. de Balzac vient de publier un nouvel ouvrage, *La Recherche de l'Absolu*. Nous examinerons prochainement avec une attention toute

Extraits du calendrier établi par Jean Ducourneau et Roger Pierrot dans l'*Année balzacienne*, 1965 et 1966.

---

* Les notes des textes cités sont appelées par des astérisques. Durant ce séjour, il commence le manuscrit du *Père Goriot* dont la plus grande partie sera rédigée à Paris après son retour (*cf.* P.-G. Castex, introduction au *Père Goriot*, Garnier, 1960).

1. Pour les éléments biographiques, on se reportera aux p. 371-386 de l'édition Folio.

2. Ce calendrier a été établi d'après celui de Jean Ducourneau et Roger Pierrot publié dans l'*Année balzacienne*, 1965 et 1966. Pour plus de précisions sur toutes les *publications* balzaciennes durant les années 1834-1835, il convient de se reporter à l'ouvrage magistral et exhaustif de Stéphane Vachon qui vient de paraître précisément sous le titre *Les Travaux et les jours d'H. de Balzac, Chronologie de la création balzacienne*, Montréal, 1992.

particulière cette importante production de l'auteur des *Scènes de la vie privée**. »

Le même jour, de Saché, Balzac charge sa mère d'en envoyer des exemplaires au docteur Nacquart, à Mme Delannoy, à Mme Carraud.

18 *octobre*

De retour de Saché, Balzac écrit à Mme Hanska :
« Je suis bien de l'avis de ceux qui aiment Musset ; oui, c'est un poète à mettre au-dessus de Lamartine et de V. Hugo ; mais ici ce n'est pas encore article d'évangile. »

Octobre

Balzac écrit à Mme Hanska : « J'ai, je crois, une loge aux Bouffons », c'est-à-dire à l'Opéra-Comique.

22 *octobre*

« *Le Père Goriot* est devenu dans mes doigts un livre aussi considérable que l'est *Eugénie Grandet* ou *Ferragus* » *(à Adolphe Éverat).*

26 *octobre*

Balzac, qui ne pense pas encore à trouver un titre général pour son œuvre, en décrit le plan et la signification à Mme Hanska :
« Les *Études de mœurs* représenteront tous les effets sociaux sans que ni une situation de la vie, ni une physionomie, ni un caractère d'homme ou de femme, ni une manière de vivre, ni une profession, ni une zone sociale, ni un pays français, ni quoi que ce soit de l'enfance, de la vieillesse, de l'âge mûr, de la politique, de la justice, de la guerre, ait été oublié. [...] Alors, la seconde assise est les *Études philosophiques*, car après les *effets*, viendront les *causes*. Je vous aurai peint dans les

---

* Aucun compte rendu de *La Recherche de l'Absolu* ne figurera dans la *Revue de Paris*.

Études de mœurs les sentiments et leur jeu, la vie et son allure. Dans les *Études philosophiques*, je dirai *pourquoi les sentiments, sur quoi la vie* ; quelle est la partie, quelles sont les conditions au-delà desquelles ni la société, ni l'homme n'existent ; et, après l'avoir parcourue (la société), pour la décrire, je la parcourerai pour la juger. Aussi, dans les *Études de mœurs* sont les *individualités* typisées ; dans les *Études philosophiques* sont les types individualisés. Ainsi, partout j'aurai donné la vie : du type, en l'individualisant, à l'individu en le typisant. J'aurai donné de la pensée au fragment ; j'aurai donné à la pensée la vie de l'individu. Puis, après les *effets* et les *causes*, viendront les *Études analytiques*, dont fait partie la *Physiologie du mariage*, car après les *effets* et les *causes* doivent se rechercher les *principes*. Les *mœurs* sont le spectacle, les *causes* sont les *coulisses et les machines*. Les *principes*, c'est l'*auteur* ; mais, à mesure que l'œuvre gagne en spirale les hauteurs de la pensée, elle se resserre et se condense. S'il faut vingt-quatre volumes pour les *Études de mœurs*, il n'en faudra que quinze pour les *Études philosophiques* ; il n'en faut que neuf pour les *Études analytiques*. Ainsi, l'homme, la société, l'humanité seront décrites, et jugées, analysées *[sic]* sans répétitions, et dans une œuvre qui sera comme les *Mille et une Nuits* de l'Occident.

Quand tout sera fini, ma *Madeleine* grattée, mon fronton sculpté, mes planches débarrassées, mes derniers coups de peigne donnés, j'aurai eu raison ou j'aurai eu tort. Mais après avoir fait la poésie, la démonstration de tout un système, j'en ferai la science dans l'*Essai sur les forces humaines*. Et, sur les bases de ce palais, moi *enfant* et *rieur*, j'aurai tracé l'immense arabesque des *Cent Contes drolatiques* ! »

« La mode venait de supprimer les soupers qui terminaient autrefois les bals de l'Empire [...] »

Bal de la société en 1819. Lithographie de Motte. Bibliothèque nationale, Paris. Ph. © Coll. Viollet.

30 *octobre*

Balzac signe deux traités.

Le premier avec Alphonse Levavasseur et Olli-vier, met fin au procès pendant depuis de longs mois au sujet de la *Physiologie du mariage*. Balzac rentrera dans la propriété pleine et entière de cette œuvre le 1er janvier 1838, ou plus tôt si l'édition Ollivier de 1834 est épuisée avant cette date. Le second, avec Ricourt et H. Fournier, est une tran-saction concernant la réimpression de *Chabert* dans *Le Salmigondis*. Balzac rentre dans la pro-priété de son œuvre et reçoit à titre d'indemnité une collection complète de *L'Artiste*.

1er *novembre*

Balzac offre un somptueux dîner aux *Tigres*, ses coabonnés de la *loge infernale* de l'Opéra et à quelques autres amis. Parmi les convives figurent Rossini et Olympe Pélissier, Nodier, Sandeau, Bohain, Lautour-Mézeray, Malitourne.

2 *novembre*

Lettre adressée aux écrivains français du xixe siècle, datée de Paris, 1er novembre 1834*.

15 *novembre*

Sous la signature C.-A., Sainte-Beuve publie dans la *Revue des deux Mondes* un article intitulé : *Poètes et romanciers modernes de la France. M. de Balzac. La Recherche de l'Absolu*.

22 *novembre*

Balzac à Mme Hanska :

« Mme de B[erny] souffre toujours cruellement et elle reste à la campagne. J'ai été la voir durant quelques jours. »

---

* Balzac invite les écrivains à s'unir et à se défendre contre la contrefaçon. Quatre ans plus tard naîtra la Société des gens de lettres.

Début décembre

Werdet met en vente la première livraison des *Études philosophiques* (5 volumes in-12) contenant la quatrième édition de *La Peau de chagrin*, *Adieu*, *Le Réquisitionnaire*, *El Verdugo*, *L'Elixir de longue vie* et un inédit : *Un drame au bord de la mer*, daté de Paris, 20 novembre 1834.

9 décembre

Honoré à sa sœur Laure :
« Je vais aller demain chez M. Arago. »

14 et 28 décembre

La *Revue de Paris* (nouvelle série, tome XII, 2e et 4e livraisons) publie les deux premières parties du *Père Goriot**.

15-31 décembre

Balzac travaille au *Père Goriot*.

1835

6 janvier

Traité entre Balzac, Werdet et Vimont qui lui achètent le droit de publier une édition du

* On lit en note au début du *Père Goriot* : « Si la *Revue de Paris* a souvent annoncé la fin d'une Étude philosophique commencée dans ce recueil par M. de Balzac en juillet dernier, la *Revue*, comme l'auteur, espéraient de jour en jour pouvoir la donner. La majorité du public français s'étonnera peut-être de cette observation ; mais le petit nombre de personnes auxquelles cette œuvre a pu plaire comprendront les travaux matériels qu'elle a nécessités, et qui se sont multipliés par eux-mêmes. Les *traités mystiques* (rares pour la plupart) qu'il est nécessaire de lire, ont exigé des recherches, et se sont fait attendre. Malgré le peu d'importance que les lecteurs attachent à ces explications, il était indispensable de les donner, pour l'auteur et pour la *Revue*, du moment où M. de Balzac publiait, avant de terminer *Séraphîta*, un ouvrage aussi considérable que l'est le *Père Goriot*, espèce d'indemnité offerte aux lecteurs et à la *Revue*. La fin de *Séraphîta* paraîtra d'ailleurs dans le prochain volume. »

Père Goriot à 1 200 exemplaires moyennant 3 500 francs.

18 *janvier*-1ᵉʳ *février*

La *Revue de Paris* (nouvelle série, tome XIII, 3ᵉ livraison et tome XIV, 1ʳᵉ livraison) publie les troisième et quatrième parties du *Père Goriot*.

26 *janvier*

« Aujourd'hui a été fini *le Père Goriot*. Spachmann en relie pour vous le manuscrit et, dans cinq ou six jours, il s'acheminera vers Vienne, escorté de la *Lettre aux Écrivains*, puisque vous ne la connaissez pas. [...] Je pars demain pour 8 jours afin d'aller travailler dans le silence auprès de la chère malade* » (lettre à Madame Hanska).

29 (?) *janvier-début février*

Balzac passe une dizaine de jours à la Bouleaunière auprès de Mme de Berny. Il sera à Paris le 9 février.

15 *février*

On lit dans la *Revue de Paris* (nouvelle série, tome XIV, 3ᵉ livraison) : « La prochaine livraison des *Études philosophiques* de M. de Balzac doit contenir une œuvre d'une haute importance, dont le titre a soulevé la curiosité de quelques administrateurs. En effet, les *Aventures administratives* offrent une histoire vraie qui met à nu les passions ignobles et les intérêts mesquins qui entravent en France la réalisation des idées les plus importantes. Le fait est encore vivant dans celle de nos administrations où devrait se rencontrer le plus de bonne foi, où sont beaucoup de gens à talent, et où néanmoins des intrigues pleines de petitesses arrêtent l'essor des idées les plus utiles. »

---

* Il s'agit de Mme de Berny.

28 février

« J'étais en train de devenir un homme ordinaire en me laissant envahir par le monde, et je viens de rompre tous mes liens en rentrant dans la solitude et dans l'oubli », écrit Balzac au marquis de Custine.

Il annonce également son projet à la marquise de Castries : « Oui, vous aviez raison, encore quelques jours et le monde faisait de moi un homme ordinaire. [...] Merci de m'avoir prévenu. »

8 mars

La *Revue de Paris* (nouvelle série, tome XV, 2e livraison) publie une *Préface* accompagnée d'une note indiquant que ce morceau inédit est destiné à servir de préface au *Père Goriot* « que M. de Balzac publie en ce moment chez le libraire Werdet ».

Cette préface est datée ici : Paris, mars 1835.

9 mars

Traité entre Balzac et Werdet pour une nouvelle édition du *Père Goriot*. Les mille exemplaires divisibles en deux éditions in-8° et in-12 sont vendus 3 000 francs.

11 mars

« Ce stupide Paris qui a négligé *l'Absolu* vient d'acheter la première édition de *Goriot* à douze cents exemplaires, avant les annonces. Il y en a deux autres éditions sous presse. »

14 mars

La *Bibliographie de la France* enregistre, en retard, la publication de : « *Le Père Goriot. Histoire parisienne*, publiée par M. de Balzac. Deux vol. in-8°, ensemble de 46 feuilles 1/4. Impr. de Baudoin, à Paris. — À Paris, chez Werdet, rue de Seine-St-Germain, n. 49 ; chez Spachmann, rue Coquenard, n. 24. »

6 avril

« Le 6 avril 1835, on jouait pour la première fois au théâtre des Variétés à Paris, *le Père Goriot*, comédie-vaudeville en trois actes. Le même soir, le théâtre du Vaudeville, situé alors rue de Chartres, donnait la première représentation d'une pièce en deux actes, s'appelant également *le Père Goriot*. Ces deux ouvrages étaient extraits l'un et l'autre du roman de M. H. de Balzac, mais les administrations des deux théâtres comptaient assez sur l'intelligence du public pour avoir jugé utile de le lui apprendre sur l'affiche ». — Charles Monselet, *Mes souvenirs littéraires*. Librairie illustrée, 1-12.

B. LA CORRESPONDANCE DE BALZAC

La correspondance de Balzac (et tout particulièrement les *Lettres à madame Hanska*) constitue un précieux document *direct* sur son labeur quotidien, sur la genèse des œuvres et leur état d'avancement. Les quelques extraits que nous donnons ici permettent de « situer » *Le Père Goriot* dans le contexte intellectuel et affectif où il fut écrit.

À ADOLPHE ÉVERAT[1]

[Paris, 22 octobre 1834]

Mon cher Maître Éverat, *le Père Goriot* est devenu sous mes doigts un livre aussi considérable que l'est *Eugénie Grandet*, ou *Ferragus*.

Mon intention est de le maintenir à la *Revue [de Paris]* ; mais il pourrait ne pas convenir à ces messieurs de prendre une œuvre qui doit se diviser en

Balzac, *Correspondance*, édition de R. Pierrot, Paris, Garnier, tome II, 1962, p. 560-561.

1. Adolphe Éverat était imprimeur de l'*Artiste* et de la *Revue de Paris*.

trois ou 4 numéros*. Je voudrais bien voir un des directeurs, et je crois que Buloz, tout Buloz qu'il est, comprendra mieux les questions littéraires que tout autre. Dans mon désir de m'acquitter grandement avec la revue, j'ai considérablement travaillé cette œuvre-là. Quant à *Séraphîta*, je rencontre de telles difficultés que l'on ne peut y compter que pour *décembre*, car quoique *le Père Goriot* soit de nature à combler toute espèce de compte à la revue, je suis, dans mon esprit, engagé à donner à la revue *Séraphîta* dès qu'elle sera finie et je désire la finir plus vivement que le journal ne désire la publier[1]. [...]

En tout cas, l'on ne commencerait à donner *le Père Goriot* que mon manuscrit terminé afin d'éviter tous les ennuis dont ils se plaignent. Puis, le directeur mettrait en note un avis pour expliquer le retard de la fin de *Séraphîta*.

Je suis en mesure de donner samedi à l'impr[imer]ie 30 feuillets d'écriture extrêmement serrée, car pour la première fois depuis longtemps je me suis recopié.

Si vous vous intéressez à ma personne, je vous dirai que jamais voyage n'a été si nécessaire, car mes efforts pour faire *l'Absolu* en si peu de temps m'avaient épuisé. Je suis parti par ordonnance du docteur. Vous allez toujours triomphalement, je vous souhaite, au rebours de bien des gens, mille prospérités.

À MADAME HANSKA

15 décembre 1834
Oh voici bien longtemps que je n'ai vu votre

Lettres à madame Hanska, édition de R. Pierrot, Paris, Les bibliophiles de l'originale, 1967, tome I, p. 280-281.

* *Le Père Goriot* a effectivement été publié dans 4 livraisons de la *Revue de Paris* : nouvelle série, t. XII, 2e et 4e livraisons, 14 et 28 décembre 1834 ; t. XIII, 3e livraison, 18 janvier 1835 ; t. XIV, 1re livraison, 1er février 1835 ; en outre la *Préface* a figuré dans la 2e livraison du tome XV, le 8 mars 1835 ; 274 p. de la revue sont occupées par ce roman.

1. Voir note du texte cité p. 135.

écriture ! Suis-je donc retombé dans votre dis-grâce ? Ne m'en voulez pas de mes longues lettres, écrites par intervalles. Je puis vous donner, vous offrir un jour, çà et là, c'est le jour de répit que je trouve au milieu de mes longs combats. C'est le moment où, pauvre colombe sans rameau, je me pose les pieds auprès d'une source vive, la source où l'on trempe son bec altéré dans l'eau pure des affections.

Oui, tout s'est agrandi, le cirque et l'athlète. Pour faire face à tout, il faut que j'imite le soldat français des 1res campagnes d'Italie : ne jamais reculer devant les impossibilités, et trouver dans une victoire le courage de se rebattre le lendemain — l'ennemi [sic].

Je vous enverrai à la fois les 2 1res livraisons d'*Études philosophiques*, *le Père Goriot* et *Séraphîta*. Tout cela sera fini en même temps. J'ai encore une vingtaine de jours de travaux constants. La semaine dernière, je n'ai pas pris en tout 10 heures de sommeil. Aussi, hier et aujour-d'hui ai-je été, comme un pauvre cheval fourbu, sur le flanc, dans mon lit, ne pouvant rien faire, rien entendre. En effet, le 1er article du *Père Goriot* a fait 83 pages de la *Revue de Paris*, ce qui équivaut à un demi-volume in-8°. Il a fallu corriger à 3 reprises différentes ces 83 pages en 6 jours. Si c'est une gloire, moi seul, puis faire ce tour de force. Mais je n'en dois pas moins conduire mes autres travaux, les *Études de mœurs* et les *Études philoso-phiques*.

Pardonnez-moi donc l'irrégularité de ma corres-pondance. Aujourd'hui, un flot, demain, un autre m'emportent. Je me brise contre un rocher, je me relève et vais à un autre écueil. Ce sont de ces luttes que vous ne pouvez jamais apprécier. Per-sonne ne sait ce que c'est que de changer de l'encre en or. J'ai commencé à trembler. J'ai peur que la fatigue, la lassitude, l'impuissance ne me prennent avant que j'aie édifié mon œuvre. Il me faudrait, de loin en loin, de bons petits mois passés hors [de] France, de grandes distractions, et les plus grandes viennent du cœur, n'est-ce pas !

D'ailleurs, *le Père Goriot* est un de ces succès inouïs, il n'y a qu'une voix, *Eugénie Grandet*, *l'Absolu*, tout est surpassé. Je n'en suis cependant qu'au 1er article, et le second surpasse bien le premier. *Tieuilles* a fait rire. Je vous renvoie ce succès[1].

Mais vous, que devenez-vous ? Comment, pas de lettres, comment rien ! Oh cela est mal, très mal, bien mal. Encore quelques jours et j'espère que mes travaux auront pour récompense de vous faire jeter mon nom à l'oreille comme un reproche. J'ai cru que vous me jetteriez périodiquement un sourire, une lettre, une gracieuse rosée de paroles écrites pour rafraîchir le front, le cœur, l'âme, la volonté de votre mougick. Eh bien, entre vous et moi, qui dispose de son temps ? Vous ! Qui écrit le plus souvent, Moi ! J'ai plus d'affection, mais c'est naturel, vous êtes plus aimable, et j'ai bien plus de raisons pour vous porter de l'amitié que vous n'en avez pour m'en accorder. Il n'y a qu'une chose qui plaide pour moi, c'est le malheur, la misère, le travail, et, comme vous devez avoir toutes les compatissances de la femme et de l'ange, vous devriez un peu plus penser à moi que vous ne le faites. Aussi, là ai-je raison. Vous devriez en conscience m'écrire tous les huit jours et ne pas vous fâcher, si, parfois, je ne vous écris que deux fois par mois. Cette vie torrentueuse est mon excuse. Quand je serai libre, vous me jugerez. Oui, pardonnez beaucoup à qui aime et travaille beaucoup.

Dimanche 4 janvier 1835

Le Père Goriot est encore une surprise que je vous ménage dans le genre de *l'Absolu*. Quoique

Ibid., p. 290-291.

1. Madame Hanska prononçait ainsi le mot tilleul.

ces deux œuvres soient différentes comme la Chine et le Groenland, elles sont de la même force. Seulement, dans mon désir de conquérir 25 jours de lilberté, j'ai fait *le Père Goriot* en 25 jours. Mais il s'est étendu. Ce ne sera fini que le 11 janvier, je ne puis pas m'en aller sans finir *Séraphîta* que la *Revue* me demande à genoux, et sans satisfaire Madame Béchet. Adieu mes chères, mes blanches, mes ravissantes espérances ! Non, je ne puis être en janvier à Vienne, mais peut-être y serais-je en février, le jour où je quittai notre bon Genève. J'oublierai *un an*, et je tâcherai de croire que la veille je vous ai vue.

D'ailleurs, voici mes travaux qui commencent à être un peu mieux payés. *Le Père Goriot* me vaut 7 000 francs, et comme il rentrera dans les *Études de mœurs* avant q[ue]lq[ues] mois, on peut dire qu'il me vaudra mille ducats. Oh ! je suis bien profondément humilié d'être si cruellement attaché à la glèbe de mes dettes, de ne pouvoir rien faire ! de ne pas avoir la libre disposition de moi-même. Ce sont, jour et nuit, des larmes amères versées dans le silence ; ce sont des douleurs inexprimables, car il faudrait connaître la puissance de mes désirs pour connaître celle de mes regrets.

C. MANUSCRITS ET PRINCIPALES ÉDITIONS

LE MANUSCRIT

Le manuscrit conservé à la collection Lovenjoul[1] comporte 172 feuillets. Les ratures sont peu nombreuses. Au feuillet 43 le nom de Rastignac remplace celui de Massiac et au feuillet 58 la date de

1. Après avoir été longtemps à Chantilly, la collection Lovenjoul se trouve actuellement à Paris à la Bibliothèque de l'Institut dont elle est la propriété.

« Bon ! mais comment payer le bois ? je n'ai pas un sou, mon enfant. J'ai tout donné, tout. Je suis à la charité. La robe lamée était-elle belle au moins ? » Costume de bal vers 1810. Bibliothèque nationale, Paris. Photo Jean-Loup Charmet.

1819 apparaît pour la première fois, remplaçant celle de 1824. À partir du feuillet 71, certains versos comportent des avis donnés par Balzac au chef de fabrication de l'imprimerie, tel celui-ci qui permet d'imaginer le rythme de travail de Balzac !

(F° 71) Foucault, je vous apporterai à une heure quinze autres feuillets de copie. Et demain le reste en deux fois — l'une à 8 heures, l'autre à 3 heures.(79) Nous allons pour cet article jusqu'au feuillet 112. Ainsi encore 32. Vous en aurez 16 à 15 heures, le reste demain matin. Il y aura un 3e article, mais je n'arrêterai pas la production de la copie. (82) À 6 heures neuf feuillets si je puis. Le reste sans faute demain à 7 h. 1/4 du matin. (97) Il y a encore 10 ou 12 feuillets que vous aurez sur les midi. Donnez-moi épreuve de ce qui est composé en sus des épreuves d'hier. (101) Il y a encore 5 feuillets que j'enverrai aussitôt finis. (110) À onze heures vous aurez 10 autres feuillets. (120) Vous aurez encore dix feuillets pour ce soir. Si je les envoie avant 6 heures, aurai-je tout en épreuves pour 10 h. 1/2 ? Vous aurez le reste de l'article demain à 7 h. 1/2 du matin. (127) Foucault, il y a encore 8 feuillets pour terminer l'article. Vous ne pouvez les avoir qu'à midi, mais vous les aurez à midi précis. Ce soir à 7 h. j'apporterai corrigé tout ce que j'aurai eu en épreuves. (132) Encore 4 feuillets, aussitôt qu'ils seront finis, vous les aurez, avant deux heures. (147) Il y a encore 4 feuillets pour finir les 2 filles — puis nous exterminerons le dernier paragraphe. (161) Foucault, vous aurez tout d'ici à ce soir. (164) Foucault, je vais jusqu'à 172. Le 165 est fait, reste 7 feuillets. J'espère vous les faire tenir à 7 h. du soir. Demain de bonne heure, les corrections de tout ce que j'ai en composition.

LE TEXTE PRÉ-ORIGINAL

C'est celui de la *Revue de Paris* corrigé et amplifié sur épreuves. Il parut en quatre livraisons, les 14 et 28 décembre 1834, le 25 janvier et le 11 février 1835. Cette publication pré-originale compte 274 pages.

L'ÉDITION ORIGINALE

C'est la première édition Werdet (du nom du libraire-éditeur) et elle fait l'objet d'un contrat approuvé par Balzac dont voici *l'article premier* :

M. de Balzac cède à MM. Werdet et Vimont[1] le droit de publier une édition du roman intitulé *Le Père Goriot*, qui sera imprimé en deux volumes in-8° et tiré taxativement à douze cents exemplaires sans qu'il puisse y être ajouté une seule feuille de plus, pas même de celles que l'on désigne sous le nom de main de passe. Sur ce nombre, douze exemplaires sont remis gratuitement à l'auteur.

Le 28 février l'édition est annoncée dans la *Bibliographie de la France* « pour paraître lundi 2 mars ». L'ouvrage est publié le 11 mars sous le titre : *Le Père Goriot, histoire parisienne*. Il comporte deux volumes in-8° de 354 et 376 pages et le texte est divisé en sept chapitres : I. Une pension bourgeoise — II. Les deux visites — III. L'entrée dans le monde — IV. L'entrée dans le monde (suite) — V. Trompe-la-Mort — VI. Les deux filles — VII. La mort du père. Balzac y ajoute une préface.

---

1. Nom du libraire-éditeur associé de Werdet.

L'ÉDITION CHARPENTIER

Le Père Goriot a été publié en 1839 dans la collection Charpentier, en un volume in-12 de 390 pages. Les préfaces et les divisions du texte ont disparu dans cette édition qui a fait l'objet d'un second tirage en 1840.

L'ÉDITION FURNE

Elle marque l'entrée du *Père Goriot* dans *La Comédie humaine* en 1843 au tome IX parmi les *Scènes de la vie parisienne*. Le texte revu et corrigé est dédicacé à Geoffroy Saint-Hilaire. D'ultimes corrections ont été portées par Balzac sur son exemplaire personnel. C'est ce qu'on appelle le « Furne corrigé ». *Le Père Goriot* passe alors des *Scènes de la vie parisienne* aux *Scènes de la vie privée*.

D. LE RETOUR DES PERSONNAGES

Selon le témoignage de sa sœur Laure Surville, Balzac entrevoit dès 1833 la possibilité de relier tous ses personnages.

Ce ne fut que vers 1833, lors de la publication de son *Médecin de Campagne*, qu'il pensa à relier tous ses personnages pour en former une société complète. Le jour où il fut illuminé de cette idée fut un beau jour pour lui ! Il part de la rue Cassini, où il alla demeurer en quittant la rue de Tournon, et accourt au faubourg Poissonnière, que j'habitais alors. « Saluez-moi, nous dit-il joyeusement, car je suis tout simplement en train de devenir un génie. » Il nous déroule alors son plan, qui l'effrayait bien un peu ; quelque vaste que fût son cerveau, il fallait du temps pour y emménager ce plan-là !

Laure Surville, *Balzac, sa vie et ses œuvres*, 1856.

L'idée fait son chemin et, dès 1835, Félix Davin, porte-parole de Balzac, affirme dans l'*Introduction aux études de mœurs au XIXᵉ siècle* :

Un grand pas a été fait dernièrement. En voyant reparaître dans *Le Père Goriot* quelques-uns des personnages déjà créés, le public a compris une des plus hardies intentions de l'auteur, celle de donner la vie et le mouvement à tout un monde fictif dont les personnages subsisteront peut-être encore, alors que la plus grande partie des modèles seront morts ou oubliés.

Félix Davin, *Introduction aux études de mœurs au XIXᵉ siècle*, 1835.

En fait, le pas était déjà franchi en partie dès les deux premiers dizains des *Contes drolatiques*, à bien des égards « banc d'essai » de *La Comédie humaine*, comme l'a remarqué Roland Chollet (voir son introduction au tome XX des *Œuvres complètes de Balzac*, Les bibliophiles de l'originale, Paris, 1969).

C'est dans un conte du deuxième dizain intitulé *Le Succube*, auquel Balzac travailla beaucoup entre novembre 1832 et mai 1833, que le procédé apparaît vraiment pour la première fois.

Balzac, en donnant le premier rôle du « Succube » à la petite morisque apparue dans « Le Péché vesniel » du *Premier dixain*, inaugure vraiment le procédé des personnages reparaissants, dont on ne peut relever antérieurement que de timides essais. Une comparse devient protagoniste, après une longue disparition ; il ne s'agit pas là d'une simple « suite » : les lieux, les rôles, le drame sont différents. Nicole Mozet parle d'une ville « qui fabrique du récit » ; le réseau topographique de Tours permet à une série de faisceaux de destinées de se croiser dans ce petit roman drolatique qui, de ce point de vue, préfigure aussi, de très loin, *La Comédie humaine*. On peut, avec Nicole Mozet, qui a longuement analysé ce conte, le considérer

Voir : Balzac, *Œuvres diverses*, « Bibliothèque de la Pléiade », tome I, Gallimard, 1990, p. 1272-1273.

comme une œuvre expérimentale, dans laquelle le romancier a abordé méthodiquement les différentes formules du récit. C'est dans « Le Succube » que s'exprime le mieux la réflexion de Balzac sur les rapports de l'écriture et de la parole : « Les modalités de passage du récit oral à sa forme écrite, et réciproquement, ainsi que la multiplicité des transcriptions possibles, ont toujours été au centre de l'écriture balzacienne, mais rarement d'une façon aussi prioritaire que dans les *Drolatiques*. »

En 1839, dans la préface d'*Une fille d'Ève*, c'est Balzac lui-même qui s'explique à propos du retour des personnages et attire l'attention du lecteur sur les conséquences qu'il entraîne pour sa lecture :

Vous trouverez, par exemple, l'actrice Florine peinte au milieu de sa vie, dans *Une fille d'Ève*, Scène de la vie privée, et vous la verrez à son début dans *Illusions perdues*, Scène de la vie de province. Ici l'énorme figure de de Marsay se produit en premier ministre, et dans *Le Contrat de mariage*, il est à ses commencements ; plus loin, dans les *Scènes de la vie de province* ou *parisienne*, il comparaît à dix-huit ou à trente ans, le dandy le plus futile, le plus inoccupé qui puisse s'amuser à faire de vieilles bottes sur le boulevard des Italiens, ou de vieux fers en courant à cheval au Bois. Dans la *Fille d'Ève* se rencontrent des personnages comme Félix de Vandenesse et lady Dudley, dont la situation était éminemment dramatique et remplie de comique social, si leur histoire était connue, et vous ne la lirez que dans la dernière partie de l'œuvre, dans *Le Lys dans la vallée*, qui appartient aux *Scènes de la vie de campagne*. Enfin, vous aurez le milieu d'une vie avant son commencement, le commencement après sa fin, l'histoire de la mort avant celle de la naissance.

D'abord, il en est ainsi dans le monde social.

Balzac, *Une fille d'Ève*.

148

« Diantre ! dit le peintre, il est fameusement beau à dessiner. »
Le père Goriot. Composition de Quint chez R. Kieffer. Maison de Balzac, Paris. Photo Jean-Loup Charmet.
Vautrin.

« Êtes-vous bêtes, vous autres ! n'avez-vous jamais vu de forçat ? »
Le père Goriot. Arrestation de Vautrin. Composition de Quint. Maison de Balzac, Paris.
Photo Jean-Loup Charmet.

Vous rencontrez au milieu d'un salon un homme que vous avez perdu de vue depuis dix ans : il est premier ministre ou capitaliste, vous l'avez connu sans redingote, sans esprit public ou privé, vous l'admirez dans sa gloire, vous vous étonnez de sa fortune ou de ses talents ; puis vous allez dans un coin du salon, et là, quelque délicieux conteur de société vous fait en une demi-heure l'histoire pittoresque des dix ou vingt ans que vous ignoriez. Souvent cette histoire scandaleuse ou honorable, belle ou laide, vous sera-t-elle dite, le lendemain ou un mois après, quelquefois par parties. Il n'y a rien qui soit d'un seul bloc dans ce monde, tout y est mosaïque. Vous ne pouvez raconter chronologiquement que l'histoire du temps passé, système inapplicable à un présent qui marche. L'auteur a devant lui pour modèle le dix-neuvième siècle, modèle extrêmement remuant et difficile à faire tenir en place. L'auteur attend 1840 pour vous finir des aventures dont le dénouement a besoin de trois années de vieillesse. La littérature n'a pas, pour fabriquer le temps, le secret des restaurateurs qui soufflent la poussière de caves fantastiques sur de jeunes bouteilles de vin de Bordeaux ou de vin d'Espagne. Aussi l'éditeur de ce livre disait-il assez spirituellement que, plus tard, on ferait aux *Études de mœurs* une table de matières biographiques, où l'on aiderait le lecteur à se retrouver dans cet immense labyrinthe au moyen d'articles ainsi conçus :

Rastignac (Eugène-Louis), fils aîné du baron et de la baronne de Rastignac, né à Rastignac, département de la Charente, en 1799 ; vient à Paris en 1819, faire son droit, habite la maison Vauquer, y connaît Jacques Collin, dit Vautrin, et s'y lie avec Horace Bianchon, le célèbre médecin. Il aime Mme Delphine de Nucingen, au moment où elle est abandonnée par de Marsay, fille d'un sieur Goriot, ancien marchand vermicellier, dont

Rastignac paye l'enterrement. Il est un des lions du grand monde *(voy. tome IV de l'œuvre)* ; il se lie avec tous les jeunes gens de son époque, avec de Marsay, Beaudenord, d'Esgrignon, Lucien de Rubempré, Émile Blondet, du Tillet, Nathan, Paul de Manerville, Bixiou, etc. L'histoire de sa fortune se trouve dans *La Maison Nucingen* ; il reparaît dans presque toutes les scènes, dans *Le Cabinet des antiques*, dans *L'Interdiction*. Il marie ses deux sœurs, l'une à Martial de La Roche-Hugon, dandy du temps de l'Empire, un des personnages de *La Paix du ménage* ; l'autre à un ministre. Son plus jeune frère, Gabriel de Rastignac, secrétaire de l'évêque de Limoges dans *Le Curé de village*, dont l'action a lieu en 1828, est nommé évêque en 1832 (voir la *Fille d'Ève*). Quoique d'une vieille famille, il accepte une place de sous-secrétaire d'État dans le ministère de de Marsay, après 1830 (voir les *Scènes de la vie politique*), etc.

II. L'ESPACE ET LE TEMPS À L'ŒUVRE DANS *LE PÈRE GORIOT*

A. L'ESPACE

L'ESPACE EXTÉRIEUR

Le roman se déroule essentiellement en espace parisien. Un espace divisé en deux grandes zones antithétiques. À l'une appartient la pension Vauquer, à l'autre appartiennent les beaux hôtels, celui de madame de Beauséant, celui de madame de Restaud. Balzac a, semble-t-il, un goût particulier pour les quartiers misérables aux lisières de la ville, notamment pour ce faubourg Saint-Marceau, stigmatisé déjà à la fin du XVIIIᵉ siècle par Louis-Sébastien Mercier dans son *Tableau de Paris*[1].

C'est le quartier où habite la populace de Paris, la plus pauvre, la plus remuante et la plus indisciplinable. Il y a plus d'argent dans une seule maison du faubourg Saint-Honoré que dans tout le faubourg Saint-Marcel, ou Saint-Marceau, pris collectivement.

C'est dans ces habitations éloignées du mouvement central de la ville que se cachent les hommes ruinés, les misanthropes, les alchimistes, les maniaques, les rentiers bornés, et aussi quelques sages fastidieux, qui cherchent réellement la solitude et qui veulent vivre absolument ignorés et séparés des quartiers bruyants des spectacles. Jamais personne n'ira les chercher à cette extré-

Louis-Sébastien Mercier, *Le Tableau de Paris*, introduction et choix des textes par Jeffry Kaplow, Paris, Maspero, p. 75-76.

---

1. Louis-Sébastien Mercier, *Tableau de Paris*, Amsterdam, 1782-1789, 12 volumes in-8°.

mité de la ville : si l'on fait un voyage dans ce pays-là, c'est par curiosité ; rien ne vous y appelle ; il n'y a pas un seul monument à y voir ; c'est un peuple qui n'a aucun rapport avec les Parisiens, habitants polis des bords de la Seine.

Ce fut dans ce quartier que l'on dansa sur le cercueil du diacre Pâris, et qu'on mangea de la terre de son tombeau, jusqu'à ce qu'on eût fermé le cimetière :

> De par le roi, défense à Dieu
> De faire miracle en ce lieu.

Les séditions et les mutineries ont leur origine cachée dans ce foyer de la misère obscure.

Les maisons n'y ont point d'autre horloge que le cours du soleil ; ce sont des hommes reculés de trois siècles par rapport aux arts et aux mœurs régnantes. Tous les débats particuliers y deviennent publics ; et une femme mécontente de son mari plaide sa cause dans la rue, le cite au tribunal de la populace, attroupe tous les voisins, et récite la confession scandaleuse de *son homme*. Les discussions de toute nature finissent par de grands coups de poings ; et le soir on est raccommodé, quand l'un des deux a eu le visage couvert d'égratignures.

Là, tel homme enfoncé dans un galetas se dérobe à la police et aux cent yeux de ses argus, à peu près comme un insecte imperceptible se dérobe aux forces réunies de l'optique.

Au moment où Balzac rédige *Le Père Goriot*, la physionomie du quartier n'a guère changé. Une description de la rue des Postes[1] dans *Le Livre*

1. Toute proche de la rue Neuve-Sainte-Geneviève (c'est notre actuelle rue Lhomond).

des Cent-et-un[1] **en témoigne. Elle est strictement contemporaine du roman.**

Cette rue étroite et longue, qui descend, sombre et resserrée, vers le Faubourg Saint-Marceau, c'est elle, c'est la rue des Postes. En vain vos yeux la parcourent et la suivent, vous avez beau regarder et chercher de toutes parts, vous n'apercevez rien : rien que des portes fermées, rien que des fenêtres closes. [...] Çà et là, de petites ouvertures, en forme de meurtrières, donnent au jour un passage dont elles semblent avares ; on se croirait devant une place forte. [...] Le silence de la rue vous glace, vous met comme un couvercle de plomb sur le cœur ; vous sentez qu'il y a près de vous des êtres qui doivent ne respirer qu'avec peine, et étouffer faute d'air ; ces maisons noires, hautes, silencieuses et sombres vous font peur...

Paris ou le Livre des Cent-et-un, Ladvocat, 1 8 3 1 - 1 8 3 4 , 15 volumes in-8°, vol. 7, p. 303.

C'est dans une rue toute proche de celle-ci, la rue des Poules, que la Michonneau tiendra plus tard un garni.
    Quant au faubourg Saint-Germain, fief de madame de Beauséant, Balzac lui-même l'a longuement évoqué dans *La Duchesse de Langeais* (rédigé en 1833). Cette évocation permet de mieux comprendre les comportements de la noble cousine de Rastignac et tout le prestige attaché à son nom, mais aussi l'aspect archéologique de cette « entité ».

Ainsi déjà, pour premier trait caractéristique, le faubourg Saint-Germain a la splendeur de ses hôtels, ses grands jardins, leur silence, jadis en harmonie avec la magnificence de ses fortunes territoriales. Cet espace mis entre une classe et

Balzac, *La Duchesse de Langeais*, Folio, n° 846, p. 75-77.

---

1. Il s'agit d'un recueil collectif intitulé *Paris ou le Livre des Cent-et-un*. Le texte cité est signé Frédéric Gaillardet.

toute une capitale n'est-il pas une consécration matérielle des distances morales qui doivent les séparer ? Dans toutes les créations, la tête a sa place marquée. Si par hasard une nation fait tomber son chef à ses pieds, elle s'aperçoit tôt ou tard qu'elle s'est suicidée. Comme les nations ne veulent pas mourir, elles travaillent alors à se refaire une tête. Quand la nation n'en a plus la force, elle périt, comme ont péri Rome, Venise et tant d'autres. La distinction introduite par la différence des mœurs entre les autres sphères d'activité sociale et la sphère supérieure implique nécessairement une valeur réelle, capitale, chez les sommités aristocratiques. Dès qu'en tout État, sous quelque forme qu'affecte le *Gouvernement*, les patriciens manquent à leurs conditions de supériorité complète, ils deviennent sans force, et le peuple les renverse aussitôt. Le peuple veut toujours leur voir aux mains, au cœur et à la tête, la fortune, le pouvoir et l'action ; la parole, l'intelligence et la gloire. Sans cette triple puissance, tout privilège s'évanouit. Les peuples, comme les femmes, aiment la force en quiconque les gouverne, et leur amour ne va pas sans le respect ; ils n'accordent point leur obéissance à qui ne l'impose pas. [...]

Le grandiose des châteaux et des palais aristocratiques, le luxe de leurs détails, la somptuosité constante des ameublements, l'*aire* dans laquelle s'y meut sans gêne, et sans éprouver de froissement, l'heureux propriétaire, riche avant de naître ; puis l'habitude de ne jamais descendre au calcul des intérêts journaliers et mesquins de l'existence, le temps dont il dispose, l'instruction supérieure qu'il peut prématurément acquérir ; enfin les traditions patriciennes qui lui donnent des forces sociales que ses adversaires compensent à peine par des études, par une volonté, par une vocation tenaces ; tout devrait élever l'âme de l'homme qui, dès le jeune âge, possède de tels privilèges, lui imprimer ce haut respect de lui-même dont la moindre conséquence est une noblesse de cœur en harmonie avec la noblesse du nom. Cela est vrai pour quelques familles. Çà et là, dans le faubourg Saint-Germain, se rencontrent de beaux caractères, exceptions qui prouvent contre l'égoïsme général qui a causé la perte de ce monde à part. Ces avantages sont acquis à l'aristocratie française, comme à toutes les efflorescences patriciennes qui se produiront à la surface des nations aussi longtemps qu'elles assiéront leur existence sur le *domaine*, le domaine-sol comme le domaine-argent, seule base solide d'une société régulière ; mais ces avantages ne demeurent aux patriciens de toute sorte qu'autant qu'ils maintiennent les conditions auxquelles le peuple les leur laisse. C'est des espèces de fiefs moraux dont la *tenure* oblige envers le souverain, et ici le souverain est certes aujourd'hui le peuple. Les temps sont changés, et aussi les armes. Le Banneret à qui suffisait jadis de porter la cotte de maille, le haubert, de bien manier la lance et de montrer son pennon, doit aujourd'hui faire preuve d'intelligence ; et là où il n'était besoin que d'un grand cœur, il faut, de nos jours, un large crâne. L'art, la science et l'argent forment le triangle social où s'inscrit l'écu du pouvoir et d'où doit procéder la moderne aristocratie.

Face au noble faubourg, le quartier en vogue de la Chaussée d'Antin où demeure madame de Restaud, quartier en plein essor ainsi qu'en témoigne *L'Hermite de la Chaussée d'Antin* d'Étienne de Jouy.

Je crois avoir vécu depuis deux siècles, quand je pense aux changements qui se sont opérés depuis quarante ans que j'habite, non pas le même logement, mais sur le même terrain. Je puis

Étienne de Jouy, *L'Hermite de la Chaussée d'Antin*, Paris, Pillet, 1813-1814, 5 vol. in-12.

dire à la lettre que Paris est venu me chercher : la prairie que j'habitais s'est couverte d'édifices alignés en forme de rue ; ma maisonnette, que je louai cent écus par an, s'est transformée en un hôtel magnifique, où le propriétaire a bien voulu me conserver un logement dans les combles ; je le paie, il est vrai, quatre fois autant que la maison entière que j'occupai auparavant.

Quartier « fier de ses banques et des raffinements de son luxe » qui a « toute la vanité d'un parvenu », précise l'auteur.

Fidélité de Balzac au référent, soit. Mais au-delà de l'espace topographique s'ouvre presque toujours un espace symbolique. Le célèbre prologue de *La Fille aux yeux d'or* contemporain du *Père Goriot*[1] présente un Paris-enfer et des « physionomies parisiennes » qui préfigurent le « drame », la « tragédie parisienne » que notre roman met en scène et qui, peut-être, ne saurait être « comprise au-delà de Paris ». Paris dantesque, bien éloigné d'une description objective.

PHYSIONOMIES PARISIENNES

Un des spectacles où se rencontre le plus d'épouvantement est certes l'aspect général de la population parisienne, peuple horrible à voir, hâve, jaune, tanné. Paris n'est-il pas un vaste champ incessamment remué par une tempête d'intérêts sous laquelle tourbillonne une moisson d'hommes que la mort fauche plus souvent qu'ailleurs et qui renaissent toujours aussi serrés, dont les visages contournés, tordus, rendent par tous les pores l'esprit, les désirs, les poisons dont sont engrossés leurs cerveaux ; non pas des visages, mais bien des masques : masques de faiblesse, masques de force, masques de misère, masques

Balzac, *La Fille aux yeux d'or*, Folio, n° 846, p. 245-247.

1. Le début du récit est daté de mars 1834 et l'action se situe en 1815.

de joie, masques d'hypocrisie ; tous exténués, tous empreints des signes ineffaçables d'une haletante avidité ? Que veulents-ils ? De l'or, ou du plaisir ?

Quelques observations sur l'âme de Paris peuvent expliquer les causes de sa physionomie cadavéreuse qui n'a que deux âges, ou la jeunesse ou la caducité : jeunesse blafarde et sans couleur, caducité fardée qui veut paraître jeune. En voyant ce peuple exhumé, les étrangers, qui ne sont pas tenus de réfléchir, éprouvent tout d'abord un mouvement de dégoût pour cette capitale, vaste atelier de jouissances, d'où bientôt eux-mêmes ils ne peuvent sortir, et restent à s'y déformer volontiers. Peu de mots suffiront pour justifier physiologiquement la teinte presque infernale des figures parisiennes, car ce n'est pas seulement par plaisanterie que Paris a été nommé un enfer. Tenez ce mot pour vrai. Là, tout fume, tout brûle, tout brille, tout bouillonne, tout flambe, s'évapore, s'éteint, se rallume, étincelle, pétille et se consume. Jamais vie en aucun pays ne fut plus ardente, ni plus cuisante. Cette nature sociale toujours en fusion semble se dire après chaque œuvre finie : — À une autre ! comme se le dit la nature elle-même. Comme la nature, cette nature sociale s'occupe d'insectes, de fleurs d'un jour, de bagatelles, d'éphémères, et jette aussi feu et flamme par son éternel cratère. Peut-être avant d'analyser les causes qui font une physionomie spéciale à chaque tribu de cette nation intelligente et mouvante, doit-on signaler la cause générale qui en décolore, blêmit, bleuit et brunit plus ou moins les individus.

À force de s'intéresser à tout, le Parisien finit par ne s'intéresser à rien. Aucun sentiment ne dominant sur sa face usée par le frottement, elle devient grise comme le plâtre des maisons qui a reçu toute espèce de poussière et de fumée. En effet,

Le père Goriot
joué au théâtre
des Variétés.
Lithographie
de Delaunoy,
XIXᵉ siècle.
Bibliothèque des
Arts décoratifs,
Paris. Photo
Jean-Loup Charmet.
Arrestation
de Vautrin.

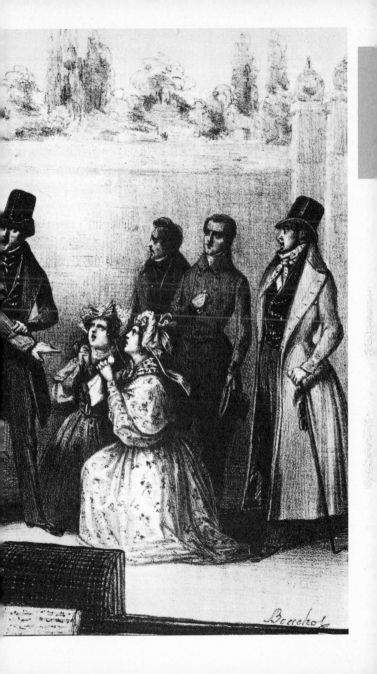

indifférent la veille à ce dont il s'enivrera le lendemain, le Parisien vit en enfant quel que soit son
âge. Il murmure de tout, se console de tout, se
moque de tout, oublie tout, veut tout, goûte à tout,
prend tout avec passion, quitte tout avec insou-
ciance ; ses rois, ses conquêtes, sa gloire, son
idole, qu'elle soit de bronze ou de verre ; comme il
jette ses bas, ses chapeaux et sa fortune. À Paris,
aucun sentiment ne résiste au jet des choses, et
leur courant oblige à une lutte qui détend les passions : l'amour y est un désir, et la haine une vel-
léité ; il n'y a là de vrai parent que le billet de mille
francs, d'autre ami que le Mont-de-Piété. Ce lais-
ser-aller général porte ses fruits ; et, dans le salon,
comme dans la rue, personne n'y est de trop, personne n'y est absolument utile, ni absolument nuisible : les sots et les fripons, comme les gens
d'esprit ou de probité. Tout y est toléré, le gouvernement et la guillotine, la religion et le choléra.
Vous convenez toujours à ce monde, vous n'y
manquez jamais. Qui donc domine en ce pays
sans mœurs, sans croyance, sans aucun sentiment ; mais d'où partent et où aboutissent tous
les sentiments, toutes les croyances et toutes les
mœurs ? L'or et le plaisir. Prenez ces deux mots
comme une lumière et parcourez cette grande
cage de plâtre, cette ruche à ruisseaux noirs, et
suivez-y les serpenteaux de cette pensée qui
l'agite, la soulève, la travaille.

UN ESPACE INTÉRIEUR PRIVILÉGIÉ :
LA PENSION VAUQUER

**Privilégié car lui seul est l'objet d'une longue et
minutieuse description. Le mot même de description accolé au nom de Balzac est source de polé-
mique et parfois synonyme d'ennui au point que
certains « lecteurs pressés » en font économie de
lecture ! La critique de ces dernières années s'est**

efforcée de se situer par rapport au problème posé par l'abondance et la longueur des descriptions balzaciennes.

Ainsi de Françoise Van Rossum-Guyon s'interrogeant sur « Aspects et fonctions de la description chez Balzac » et souhaitant que son analyse permette de :

faire justice des éternels reproches adressés à Balzac au sujet de ses descriptions. Reproches émis, bien sûr, comme les précédents, par ces « lecteurs pressés » auprès de qui l'auteur de *La Comédie humaine* n'a, en son temps, pas arrêté d'essayer de se justifier, comme en témoignent tant ses préfaces que les nombreuses interventions du narrateur dans les romans ; mais reproches que l'on retrouve encore sous la plume de nombreux critiques ou écrivains contemporains et précisément chez ceux qui se considèrent comme les plus « nouveaux » ou les plus modernes. Ces reproches, il est vrai, ne sont pas les mêmes. Alors que la longueur des descriptions balzaciennes et l'accumulation de détails étaient perçues par les contemporains de Balzac comme des facteurs d'opacité, parce que ralentissant et obscurcissant la transmission du message narratif, les mêmes caractéristiques sont considérées par certains critiques d'aujourd'hui comme des facteurs de redondance qui augmentent au contraire inutilement la transparence, déjà grande, du récit[1].

Mais justement l'inversion même des griefs évoqués montre que la description pose de manière aiguë le problème de la lecture et de la communication romanesque. Il n'est donc pas sans intérêt d'envisager tel roman de Balzac sous cet aspect,

Françoise Van Rossum-Guyon, « Aspects et fonctions de la description chez Balzac », *Année balzacienne*, 1980, p. 113-114.

---

1. Françoise Van Rossum-Guyon vise ici Nathalie Sarraute dans *L'Ère du soupçon*, Robbe-Grillet dans *Pour un nouveau roman* et surtout Jean Ricardou dans *Problèmes du nouveau roman*.

certes particulier, mais, sans aucun doute, privilégié.

**Ainsi aussi de Graham Falconer à propos de
« L'entrée en matière chez Balzac », insistant sur
l'étroite fusion entre discours préliminaire et
suite du récit alors que, trop souvent, prenant au
pied de la lettre le propos de Balzac lui-même, le
lecteur y voit une coupure :**

Tout d'abord, on ne doit pas prendre pour argent
comptant les déclarations selon lesquelles la plus
minutieuse description — d'une ville, d'une maison, d'un personnage — ne serait qu'un préam-
bule servant d'introduction à l'histoire proprement
dite. « Sans la topographie et la description de la
ville, sans la peinture minutieuse de cet hôtel, les
surprenantes figures de cette famille eussent été
peut-être moins comprises. » À première vue, de
telles remarques, dont les premières pages de *La
Recherche de l'Absolu* sont à la fois le résumé le
plus complet et la justification la plus cohérente,
semblent marquer la coupure entre un discours
préliminaire et le récit qui le complète en l'illustrant.
En réalité, elles ont pour fonction principale d'assurer la fusion de ces deux éléments constitutifs et
ainsi la continuité de notre lecture. Dans *Eugénie
Grandet*, quinze pages sont consacrées osten-
siblement à l'explication du mot « la maison à
Monsieur Grandet ». Est-il besoin de rappeler
qu'elles contiennent bien autre chose de cette
explication, et qu'au moment où l'on nous dit « Il
est maintenant facile de comprendre toute la
valeur de ce mot : la maison à Monsieur Grandet », le roman, bien complet de son protagoniste
déjà individualisé, du système économique dont il
est le produit, de la fille à marier et des familles
rivales qui la guettent, est déjà, depuis un
moment, en train, le décor ne servant ici que de
prétexte à la mise en branle du drame ?

Graham Falconer et
Henri Mitterand, *La
Lecture sociocritique
du texte romanesque*,
Samuel Stevens, Hak-
kert and Company,
Toronto, 1975, p.
147-149.

C'est que le descriptif balzacien — et à cet égard, le contraste avec Flaubert est très frappant – est toujours subordonné au mouvement général du livre, à des changements de perspectives et à ce va-et-vient entre le général et le particulier qui caractérise la littérature didactique. La longue et célèbre introduction au *Père Goriot* illustre admirablement ce changement de perspective, et nous permet en même temps de rapprocher cette dernière catégorie avec les autres types d'énoncé étudiés plus haut. À la base de la mise en texte dramatique, nous avons cru discerner un principe d'*alternance* ou de *juxtaposition* : le Palais-Royal *connu* suivi de Raphaël de Valentin *inconnu*, ou inversement. Le discursif nous a paru comme un immense connu paradigmatique, dont l'inconnu fictif n'était en somme qu'une illustration amusante. Si les descriptions de *La Comédie humaine* ont frappé tant de lecteurs par leur force et leur originalité, c'est que, d'une manière qu'on a souvent comparée à celle de Baudelaire, elles *transforment le connu en inconnu* : du très général et très familier (Paris et ses quartiers sordides), on passe inexorablement au moins familier (la rue Neuve-Sainte-Geneviève), à l'extérieur de la maison Vauquer, encore typique, puis, enfin, à l'intérieur et aux habitants de cette maison, représentatifs mais par le détail même de leur présentation entièrement nouveaux, et, comme le disait Balzac, individualisés.

Enfin, là où Flaubert nous invitera à contempler la surface des choses, et la notion simple (et pourtant terrible) qu'elles *sont*, Balzac a toujours eu la prétention un peu naïve et même inadmissible pour certains lecteurs d'aujourd'hui, de voir en profondeur. À l'exception près de quelques portraits d'une minutie obsessionnelle, correspondant au délire du discursif que nous avons observé au début d'*Honorine*, ou au délire du référentiel que l'on peut voir dans la présentation d'Onorina Pedrotti, dans ce même texte, les descriptions balzaciennes démontrent en même temps qu'elles montrent, elles signifient : tout comme le discursif qu'elles complètent et qui les garantit, elles traduisent une vision essentiellement rationnelle. C'est pourquoi on ne les trouve jamais à l'état pur, mais plutôt mélangées aux autres types d'énoncé, dans des combinaisons presque illimitées. « Si vous voulez ne pas être le singe de Walter Scott, disait Daniel d'Arthez à Lucien de Rubempré, il faut vous créer une manière différente... Vous commencez, comme lui, par de longues conversations pour poser vos personnages ; quand ils ont causé, vous faites arriver la description et l'action. Cet antagonisme nécessaire à toute œuvre dramatique vient en dernier. Renversez-moi les termes du problème. Remplacez ces diffuses causeries, magnifiques chez Scott, mais sans couleur chez vous, par des descriptions auxquelles se prête si bien notre langue. Que chez vous le dialogue soit la conséquence attendue qui couronne vos préparatifs. Entrez tout d'abord dans l'action. Prenez-moi tantôt votre sujet en travers, tantôt par la queue ; enfin variez vos plans, pour n'être jamais le même. »

Seule une étude exhaustive montrerait combien Balzac lui-même profita de ces conseils.

En fait, chez Balzac, toute description implique un déchiffrement et plus particulièrement la maison Vauquer.

Plutôt que le roman d'un arriviste plus ou moins timoré, *Le Père Goriot* est le récit d'une initiation intellectuelle, avec Paris pour cadre. Mais l'espace parisien lui-même n'est pas homogène et les différentes sphères qui le composent se distinguent entre elles par une résistance plus ou moins

Nicole Mozet, *Balzac au pluriel*, Paris, P.U.F., 1990, p. 70-71.

grande au regard extérieur. C'est pourquoi la Maison Vauquer devient de ce point de vue le lieu parisien par excellence, parce qu'il est le plus difficile à déchiffrer, aussi bien pour ce qui est des êtres que des choses. En dehors du cercle un peu magique de la pension de famille, les gens que l'on rencontre ne sont mystérieux que pour un temps très court et aux seuls yeux inexpérimentés de Rastignac à ses débuts. [...]

Le cas de la pension Vauquer est tout différent. Ses habitants sont tous des exclus dont le dénominateur commun n'est pas la misère — Vautrin a de l'argent et Goriot en a eu —, mais d'être si bien coupés de leur milieu d'origine qu'il est très difficile de percer leur secret. Celui-ci est même si bien gardé qu'il ne devrait jamais, « normalement », être levé, le cas le plus vraisemblable étant celui de la fausse comtesse de l'Ambermesnil. Il n'est pas étonnant qu'elle ait pu si facilement échapper aux recherches entreprises par Mme Vauquer, puisqu'il nous est sans cesse rappelé qu'à Paris l'anonymat est de règle : « Un des privilèges de la bonne ville de Paris, c'est qu'on peut y naître, y vivre, y mourir sans que personne fasse attention à vous. » Aussi, pour démasquer Vautrin, faut-il toute l'opiniâtreté d'un policier, et la curiosité à la fois amicale et intéressée de Rastignac pour apprendre à connaître le vrai père Goriot : « Dans le désir de parfaitement bien connaître son échiquier avant de tenter l'abordage de la maison de Nucingen, Rastignac voulut se mettre au fait de la vie antérieure du père Goriot, et recueillit des renseignements certains. »

Si toute la pension implique, comme le dit le texte, la personne de Mme Vauquer, il est normal que cette dernière ait suscité tout comme sa mystérieuse maison, un faisceau de questions et d'hypothèses :

Nous voici, en effet, étrangement alertés. Pourquoi Mme Vauquer a-t-elle « l'œil vitreux, l'air innocent d'une entremetteuse prête à se gendarmer pour se faire payer plus cher » ? Pourquoi a-t-elle « ce sourire prescrit aux danseuses » ? Pourquoi est-il dit qu'elle « est prête à tout pour adoucir son sort, à livrer Georges ou Pichegru, si Georges ou Pichegru étaient encore à livrer » ? Pourquoi évoquer en elle l'indicatrice possible ? Pourquoi cette mise en relation potentielle avec la police ? [...]

Pourquoi cette autre précaution ? Mme Vauquer tient une pension bourgeoise, qui, nous est-il précisé, reçoit *également* hommes et femmes, jeunes gens et vieillards « sans que jamais la médisance ait attaqué les mœurs intérieures de ce respectable établissement » ? Une maison meublée est donc ou peut donc être suspecte dès lors qu'elle admet des hommes et des femmes ? [...]

Mais voici plus. Parmi les pensionnaires figure une ancienne fille publique, Mlle Vérolleau. Cette fille sera une indicatrice de la police qui a sûrement barre sur elle. Pourquoi Mlle Michonneau dit-elle « j'entends *la* Vauquer » ? Et pourquoi Mme Vauquer dit-elle « allez chez *la* Buneaud » ? N'est-ce pas là le langage des filles et des « patronnes » ? Et pourquoi, dans le registre symbolique, cette statue écaillée de l'amour ? Ces allusions aux maladies vénériennes et à l'hôpital où on les soigne à deux pas de là ? Pourquoi Mme Vauquer songe-t-elle à se faire épouser par Goriot, qu'ellle a accusé avec le coup d'œil que l'on devine d'être un « galantin », et à devenir une respectable bourgeoise ? Pourquoi, lorsqu'elle se brouille avec Goriot, le soupçonne-t-elle si facilement d'être « un vieux libertin ». [...] Pourquoi dit-elle qu'il s'est crevé à coups de drogues ? Mme Vauquer, fille de bonne famille qui a eu des malheurs, semble bien au courant de certaines choses. Et cette intimité

Pierre Barberis, « *Le Père Goriot* » *de Balzac*, Paris, Larousse, 1972, p. 202-203.

qui s'établit si vite avec l'aventurière Ambermesnil ? Une simple femme de trente ans au passé meurtri aurait-elle de ces coups d'œil et de ces habiletés ? La question vaut d'être posée. Mme Vauquer dit encore de Goriot que c'est un vieux matou, trouve naturel qu'un homme riche ait quatre ou cinq maîtresses et juge le bonhomme fort adroit de les faire passer pour ses filles. Mme Vauquer s'y connaît en vigueur sexuelle et en stratégie amoureuse. Pourquoi dit-elle à Eugène qu'il a « mis la main au bon endroit » ? La raison paraît au moins clairement suggérée : Mme Vauquer est soit une ancienne fille, soit une ancienne tenancière de maison de prostitution, soit une ancienne « marieuse » qui aspire à la bourgeoisie, mais qui a gardé des réflexes et des habitudes.

B. LE TEMPS

Poser le problème du temps dans *Le Père Goriot*, c'est poser parallèlement celui des genres. Roman ? Drame ? Tragédie ? Les frontières tendent à s'effacer, ce qui permet à Balzac de jouer du temps en virtuose dans plusieurs registres. Chaque partie a son rythme propre.

On voit à quelle concentration dramatique Balzac aboutit, comme il sait jouer du temps, gazant certaines périodes ou racontant par le menu les journées que semble dilater la multiplicité des événements. Une autre particularité de structure se remarque ici, qui rappelle, malgré des différences évidentes, les premiers drames de Hugo : chacun des trois protagonistes, Rastignac, Vautrin, Goriot, a en quelque manière son acte (ceci étant plus sensible dans le découpage primitif en chapitres, qui disparaît en 1839 avec l'édition Charpentier). Au dénouement, Rastignac reste seul, les

Introduction de Rose Fortassier au tome III de l'édition de la « Bibliothèque de la Pléiade », p. 29-30.

comparses eux-mêmes l'ayant abandonné ; mais les souvenirs de Vautrin, de Mme de Beauséant, des sœurs ennemies et de Goriot l'entourent et lui inspirent son défi. En somme, tous les drames auxquels il lui a été donné d'assister lui tiennent lieu de ces *nouvelles exemplaires* dont le dix-septième siècle farcissait les romans, et qui, dans *La Princesse de Clèves*, merveilleusement incorporées au texte, font l'éducation d'une très jeune héroïne.

Entre la fin novembre 1819, début de l'action, et le 21 février 1821, jour où elle s'achève avec l'enterrement du père Goriot, un nombre peu vraisemblable d'événements se produisent. Le rythme s'accélère tout particulièrement à la fin du roman entre le 14 et le 21 février, ponctué de contradictions, de lapsus. Est-ce simple désinvolture de Balzac ? Dans quelle mesure le lecteur est-il gêné par ces invraisemblances ?

Dans l'après-midi du 14, Poiret et la Michonneau sont au Jardin des Plantes, en conversation avec Gondureau, alias Bibi-Lupin. Les événements vont se succéder en cascade. Avant le dîner, Rastignac, ayant appris par Vautrin que le fils Taillefer a provoqué en duel le colonel Franchessini, décide d'aller dans la soirée prévenir le père Taillefer que ce duel est un meurtre déguisé. En attendant le dîner, il monte dans sa chambre avec le père Goriot qui lui annonce l'installation de l'appartement de la rue d'Artois. Mais Eugène n'ira pas remercier Delphine. Il n'ira pas non plus chez Taillefer. Le somnifère administré par Vautrin réduit à néant ses velléités d'honnêteté. Pendant qu'il dort, Trompe-la-Mort va au spectacle avec Mme Vauquer, et la Michonneau, accompagnée de Poiret, va chez Bibi-Lupin chercher la fiole qui lui permettra le lendemain de donner à Vautrin une fausse attaque d'apoplexie. Le récit de la journée occupe trente pages.

Jean Gaudon, « Sur la chronologie du *Père Goriot* », *Année balzacienne*, 1967, p. 151-155.

« Le lendemain (15 février) devait prendre place », selon l'expression de Balzac, « parmi les jours les plus extraordinaires de l'histoire de la Maison Vauquer ». C'est une « grande journée » construite, comme la première, autour des deux principaux repas. Tout le monde — sauf Vautrin — fait la grasse matinée et le déjeuner n'est servi que vers onze heures et quart. Peu de conversation, mais trois événements dont deux sont des coups de théâtre. Vers onze heures et demie, Rastignac reçoit de Delphine une lettre de reproches. Au même moment arrive la nouvelle du duel au cours duquel le fils Taillefer a été grièvement blessé (il mourra à trois heures), et Vautrin tombe « roide mort ». L'entracte sera bref, car Balzac est pressé et la tension est à son maximum. Après une interruption, occupée par une promenade méditative de Rastignac, la scène reprend dans la salle à manger de la pension vers quatre heures et demie, à la nuit tombante. Tout de suite, c'est l'arrestation de Vautrin, puis l'expulsion, par les autres pensionnaires, de la Michonneau et de Poiret. Après le dîner, Eugène va, en compagnie du père Goriot, visiter son nouvel appartement. Cette journée, qualifiée de « fantasmagorie » par Rastignac, se termine après minuit. Le tout a pris trente pages.

À ce point de tension, il était important de ne pas rompre une fois de plus la continuité ; important aussi de laisser, entre les deux grands drames qui se jouent successivement, un petit entracte. D'où le récit de la journée du 16 qui répond parfaitement à cette double exigence. Le mot d'entracte, cependant, ne convient guère, car il s'agit cette fois-ci d'un laps de temps strictement mesuré et non d'une pause mal définie. D'autre part, il n'y a pas à proprement parler interruption de l'action, puisque Eugène avance considérablement ses affaires auprès de Madame de Nucingen

« Mais si Son Excellence le Ministre de la Police est sûr que monsieur Vautrin soit Trompe-la-Mort, pourquoi donc aurait-il besoin de moi ? dit mademoiselle Michonneau. »
Vidocq. Couverture des Nouvelles Éditions illustrées. Photo Gisèle Namur / Lalance.

en lui apportant l'invitation au bal de Madame de Beauséant et qu'il reste chez elle jusqu'à une heure du matin. Est-ce ce soir-là que Delphine se donne à lui ? La discrétion de Balzac, qui évite soigneusement toute précision, peut étonner au premier abord, mais au premier abord seulement. Cette scène d'amour ne fait pas partie de la tragédie proprement dite. Elle appartient à l'espèce de temps mort que Balzac a ménagé entre les sommets du drame. L'action reprend le lendemain, 17 février.

Dès la fin de la matinée, la déroute de Goriot commence. Delphine, puis Anastasie viennent rendre visite à leur père, le torturer, lui arracher ses dernières ressources. Les premiers symptômes de la maladie dont il va mourir se manifestent. Le soir, le diagnostic de Bianchon est pessimiste. Mais Delphine, aux Italiens, rassure Rastignac qui ne peut pas résister au plaisir de passer la fin de la soirée avec elle, dans le petit appartement de la rue d'Artois. Au lieu de rentrer à la Maison Vauquer, il passe la nuit à attendre le retour de Madame de Nucingen, le lendemain. Ce n'est qu'à quatre heures, le 18 février, que les deux amants se souviendront du père Goriot et que Rastignac partira aux nouvelles. La journée a occupé vingt pages.

Lorsque Eugène arrive rue Neuve-Sainte-Geneviève, il trouve le père Goriot au plus mal. Le pronostic de Bianchon est très sombre. À partir de ce moment, tout va tourner autour de l'agonie du père Goriot, qui va se prolonger jusqu'au 20 dans l'après-midi. Dans la nuit du 18 au 19, puis dans la journée du 19, les deux étudiants se relaient au chevet du moribond. C'est le 19 au soir qu'a lieu le fameux bal de Madame de Beauséant. Malgré la lettre de Delphine qui le presse de venir, Rastignac retarde son départ. Il attend jusqu'à huit heures et demie la venue du médecin et ne va chez Madame de Nucingen que pour lui transmettre le pronostic fatal. « L'élégant parricide » va se consommer. Rastignac, qui se met au service de Madame de Beauséant, ne rentre du bal à la pension Vauquer qu'à cinq heures du matin. Lorsque Bianchon le réveille, dans l'après-midi du 20, vers deux heures, l'état du père Goriot a empiré. Après une lutte effrayante, il perd connaissance à quatre heures et demie et meurt vers l'heure du dîner. Ces deux journées, inséparables l'une de l'autre, occupent trente-cinq pages.

À partir de ce moment-là, le tempo s'accélère au-delà de toute vraisemblance. Le 21, tout est terminé. Déclaré dans la matinée, le décès est constaté vers midi. Le service funèbre du père Goriot à Saint-Étienne-du-Mont est expédié en vingt minutes et le corbillard quitte l'église à cinq heures et demie. « Nous pourrons aller vite », dit le prêtre. Ils vont même si vite qu'à six heures le cercueil du père Goriot est déjà dans la fosse, au Père-Lachaise, à quatre kilomètres de là (ils ont dû y aller au trot). Le jour tombe (en une semaine, les journées de Balzac se sont allongées d'une heure et demie !) et Rastignac, après avoir pris le temps de méditer, décide d'aller dîner chez Madame de Nucingen. Avec un peu de chance, il arrivera au dessert.

La désinvolture de Balzac, on le voit, ne connaît pas de bornes. Non que sa chronologie soit imprécise, bien au contraire. La journée des visites, l'enterrement de Goriot, ne sont légèrement caricaturaux que parce que Balzac, cédant au démon de la précision, a truffé son récit de points de repère temporels. La rapidité avec laquelle *Le Père Goriot* a été écrit, le décousu de la publication dans la *Revue de Paris* ont suffi à transformer en énormes bévues les plus louables intentions. Au moment où Rastignac va devenir l'amant de Delphine de Nucingen, Balzac, oubliant qu'ils ne se connaissent que depuis deux mois, parle en toute simplicité de « deux ans de désir ».

174

Dans une grande œuvre tout est signe, et l'erreur est parlante. Que tous ces lapsus — et d'autres encore — proviennent de la concentration d'une multitude de faits dans un espace de temps incroyablement bref est plus important que leur existence même. Encore faut-il essayer d'en comprendre les ressorts. Dans *Le Père Goriot*, la division du roman en trois actes, ramassés chacun en quelques jours et séparés par de longs entractes assez mal définis, confirme évidemment ce que presque tous les commentateurs de Balzac se sont plu à souligner : le goût de l'auteur de *La Comédie humaine* pour une forme romanesque qui soit essentiellement dramatique. De telles préoccupations n'avaient d'ailleurs rien d'original dans un siècle qui paraissait devoir être le siècle de Walter Scott. Mais le désir de dramatisation ne conduit pas nécessairement le romancier aux contradictions chronologiques dont nous avons relevé quelques exemples. L'adoption d'une technique quasiment théâtrale, le goût évident de Balzac pour la « scène à faire » expliquent l'économie générale du roman, non la compression, le blocage en une seule journée de scènes qui pourraient s'étaler sur plusieurs jours. Sur ce point, c'est le génie même de Balzac qui est en cause. Il n'est pas l'homme des longues nappes de temps s'étendant à l'infini, ni des grandes lagunes psychologiques. Le lent écoulement des heures, qui a trouvé à notre siècle ses dramaturges et ses romanciers, n'est pas son affaire. Pour lui, il faut que la peau de chagrin du temps, tendue à en craquer, contienne, au prix des pires invraisemblances, le maximum d'action. Frénétiquement, dans une atmosphère survoltée, le héros court au dénouement, comme Balzac, toujours torturé par le temps, se rue vers la conclusion du livre, des autres livres, vers la mort. D'où les grincements de la chronologie et cette sourde protestation d'une invincible énergie contre la pendule.

Mais nous ne sommes pas au théâtre, et le lecteur est un lecteur, non un spectateur ; mieux, un lecteur distrait ou, si l'on préfère, un lecteur que Balzac parvient à distraire. Qui n'a pas présent à la mémoire, à chaque instant de la lecture, tout ce qui précède, n'a pas la moindre possibilité de prendre conscience des invraisemblances. Soumis à la tension dramatique, sans être conscient du rôle que joue l'excessive concentration du temps, le lecteur innocent projette sur le canevas chronologique une durée psychologique beaucoup plus étirée. Il obéit ici à la même attraction que Balzac lui-même. Si les deux mois de désir deviennent deux ans, c'est que le créateur trop pressé a superposé au tempo dramatique artificiellement tendu un tempo psychologique plus lâche et plus conforme aux lenteurs de la forme romanesque. C'est une réaction de lecteur.

III. TROIS SOMMETS D'UN TRIANGLE TRAGIQUE : GORIOT, VAUTRIN, RASTIGNAC

A. GORIOT

La critique, s'interrogeant sur les modèles possibles du père Goriot, a fait d'intéressantes découvertes.

On cite souvent l'observation de Laure Surville selon laquelle Balzac « avait une singulière théorie sur les noms ; il prétendait que les noms inventés ne donnent pas la vie aux êtres imaginaires, tandis que ceux qui ont réellement été portés les douent de réalité ». Mais on semble ignorer que Balzac a pu baptiser d'un nom qui a « réellement été porté » un des personnages les plus célèbres de *La Comédie humaine* : le père Goriot. Pourtant, un homonyme parisien du père Goriot a bien existé. Il n'est même pas entièrement inconnu, puisque son nom se trouve dans l'*Almanach du Commerce de Paris* (1826) où on lit (p. CLI) : « Goriot, propr., S.-Jacques, 285. » Or, on sait que de mars 1828 jusqu'au jour où il déclara à Mme Hanska : « *Aujourd'hui* a été fini *le Père Goriot* », Balzac occupait, au quartier de l'Observatoire, un appartement au deuxième étage du 1, rue Cassini. Il était ainsi voisin de ce mystérieux Goriot qui demeurait rue Saint-Jacques, presque à côté de l'Hôpital militaire du Val-de-Grâce, aux confins de ce labyrinthe de rues sombres si soigneusement décrit aux premières pages du roman.

Des précisions fort intéressantes sur cet obscur voisin de la rue Saint-Jacques nous sont fournies

L.-A. Uffenbeck, « Balzac a-t-il connu Goriot ? », *Année balzacienne*, 1970, p. 175-177.

par le sommier foncier. D'après ce document, nous apprenons que le 2 avril 1813, Jacques-Antoine Goriot, marchand pâtissier, demeurant rue Saint-Jacques, n° 316, et Marie-Jeanne Renaudin, son épouse, avaient acquis, au prix de 18 000 francs, l'immeuble situé rue Saint-Jacques, n° 285, les vendeurs ayant été un certain Jean-François Marie, marchand faïencier, et son épouse, Anne Boiteux, tous deux demeurant au même n° 285. D'autre part, d'après Jacques Hillairet (*Dictionnaire historique des rues de Paris*, II, 447), nous savons que cette maison (qui existe encore) avait été construite par les Bénédictines du Val-de-Grâce vers 1680-1683. Sa description au cadastre n'est pas sans évoquer certains aspects de la Maison Vauquer : « Cette propriété prend son entrée par une allée et consiste en un seul corps de logis avec cour et petit jardin, ayant 4 fenêtres de face, doubles en profondeur, élevé sur caves d'un rez-de-chaussée, 4 étages carrés. [...] Bonne construction en moellons ; escalier commode et bien éclairé. Distribution en logements et chambres de petits employés et ouvriers [...]. » En 1814, la seule année pour laquelle nous ayons des renseignements, l'évaluation du revenu brut de cette propriété des époux Goriot était de 1 300 francs. Quatorze ans plus tard, le 2 avril 1828, Madame Goriot, née Renaudin, s'éteignit. Goriot, lui, allait mourir six ans plus tard, le 16 décembre 1834, deux jours après la publication, dans la *Revue de Paris* (livraison du 14 décembre 1834), de la première partie du *Père Goriot*. Voici son acte de décès, conservé aux Archives de la Seine : « Du seize Décembre 1834 à midi. Acte de Décès de Jacques-Antoine Goriot décédé aujourd'hui à 9 heures du matin à Paris en son domicile rue St-Jacques n° 285 ; âgé de 77 ans environ, prop^{re} né à L'Isle-Adam (Seine-et-Oise), veuf en premières noces de Lucie-Élisabeth

Graux, en 2es de Marie-Jean Pervillé et en 3es de Marie-Jeanne Renaudin.

Sur la déclaration de Jean-Louis Blain âgé de 47 ans, peintre demeurant rue d'Ulm nº 1er et de Pierre Desprès âgé de 36 ans, fayencier, demeurant rue St Jacques nº 285. »

Enfin, nous savons que Jacques-Antoine Goriot, mort sans postérité, avait eu de son premier mariage une fille, Marie-Félicité, décédée en 1807 à l'âge de seize ans. C'est le seul enfant de Goriot dont nous ayons trouvé trace. Voilà à peu près tout ce que nous savons de ce personnage assez flou.

Malgré certains écarts entre le réel et le fictif Goriot, comment ne pas être tenté de voir en cet ancien pâtissier de la rue Saint-Jacques — modèle que Balzac a pu observer à loisir pendant plus de six ans — un des prototypes possibles du Goriot du roman ?

Peut-être Balzac a-t-il vraiment connu Goriot. *All is true* :

Quelques lecteurs ont traité *le Père Goriot* comme une calomnie envers les enfants ; mais l'événement qui a servi de modèle offrait des circonstances affreuses, et comme il ne s'en présente pas chez les Cannibales ; le pauvre père a crié pendant vingt heures d'agonie pour avoir à boire, sans que personne arrivât à son secours, et ses deux filles étaient, l'une au bal, l'autre au spectacle, quoiqu'elles n'ignorassent pas l'état de leur père. Ce vrai-là n'eût pas été croyable.

Balzac, préface du *Cabinet des Antiques*, 1839. Paris, Gallimard, « Bibliothèque de la Pléiade », tome IV, p. 962.

Mais de toute manière le thème de la paternité traverse toute son œuvre, en amont et en aval du *Père Goriot*. Sur une page de son *album*, Balzac lui-même a dressé la liste des pères qu'il a engendrés, précisant qu'il n'y a pas une nuance du sen-

timent paternel « depuis le sublime jusqu'à l'horrible qui n'ait été saisie, représentée ».

Il y a la paternité jalouse et terrible de Bartholomeo di Piombo, la paternité faible et indulgente du comte de Fontaine, la paternité partagée du comte de Granville, la paternité tout aristocratique du duc de Chaulieu, l'imposante paternité du baron du Guénic, la paternité douce, conseilleuse et bourgeoise de M. Mignon, la paternité dure de Grandet, la paternité nominale de M. de la Baudraye, la paternité noble et abusée du marquis d'Esgrignon, la paternité muette de M. de Mortsauf, la paternité d'instinct, de passion et à l'état de vice du père Goriot, la paternité partiale du vieux juge Blondet, la paternité bourgeoise de César Birotteau.

Il convient d'ajouter à cette liste le dernier en date des pères de *La Comédie humaine* : monsieur Bernard, triste héros de *L'Initié*. Sa parenté avec le père Goriot est évidente.

Dans les deux romans, le cœur du drame est constitué par les souffrances d'un père, symbole de l'amour et du dévouement. Certes, la différence est de taille, puisque le père Goriot est négligé par ses filles, dont l'égoïsme précipite sa mort, alors que M. Bernard est un père tendrement aimé, et son histoire s'achève bien. Mais, dans l'un et l'autre cas, l'accent est mis sur les souffrances auxquelles les conduit leur abnégation. Goriot donne jusqu'à son dernier sou et vit dans la plus grande misère pour satisfaire les caprices de ses filles. Le père de Vanda se livre à une mise en scène pathétique pour conserver à sa malade l'illusion du luxe, mais vit lui-même dans un dénuement extrême. Le manque d'argent, de bois, des objets nécessaires, les dettes impayées, deviennent pour ces deux pères le lot quotidien.

Renée de Smirnoff, « Du *Père Goriot* à *l'Initié* : analogies et prolongements », *Année balzacienne*, 1989, p. 248-249. (La pagination de l'auteur renvoie à l'édition de la « Bibliothèque de la Pléiade », tome III pour *Goriot*, VIII pour *L'Initié*.)

L'un vit dans un « bouge » (*PG*, 159), l'autre dans un « taudis » (*In*, 354) ; même mobilier misérable : le « mauvais lit », la « maigre couverture » du père Goriot, son « couvre-pied ouaté fait avec les bons morceaux des vieilles robes de Mme Vauquer » (*PG*, 159), ne le cèdent en rien à la pauvre « couchette » de M. Bernard, recouverte d'une unique couverture renforcée par des vêtements posés « en travers en façon de couvre-pied » (*In*, 353). « Le carreau [...] humide et plein de poussière » chez l'un (*PG*, 159) annonce « le carreau, balayé sans doute rarement », de l'autre (*In*, 353). « Une odeur forte et nauséabonde » complète la description dans *L'Initié*, écho de la célèbre remarque sur « l'odeur » de la pension Vauquer. Ainsi, comme l'une des chambres évoque le « plus triste logement d'une prison » (*PG*, 159), l'autre fait penser à une salle de pensionnat (*In*, 353). « C'était la misère à son dernier période, la misère parfaitement organisée, [...] la misère hâtée », écrit Balzac de l'intérieur du baron Bourlac (*In*, 353-354), retrouvant le même rythme de phrase que dans *Le Père Goriot* : « là règne la misère sans poésie ; une misère économe, concentrée, râpée » (54). Au cœur de cette misère, éclatent, insolites et symboliques, deux objets luxueux : le déjeuner en vermeil du père Goriot et le couvert en vermeil et porcelaine de Vanda.

D'un roman à l'autre, l'amour des pères pour leurs filles est exprimé en termes parallèles. La « passion paternelle » de Goriot le rend « sublime » (161), comme est « sublime » l'abnégation du baron Bourlac (*In*, 380), « prodige d'amour paternel » (*In*, 353) ; mais Balzac note aussi l'excès morbide du sentiment : « cet amour paternel allait jusqu'au délire » (*In*, 367) ; de même, « le sentiment de la paternité se développa chez Goriot jusqu'à la déraison » (*PG*, 124). Parfois, de rares moments de joie éclatent sur le visage des deux vieillards, mais l'habitude de la souffrance en déforme les traits : c'est l'expression stupide et hébétée de Goriot, le « sourire niais et quasiment imbécile » de Bourlac (*In*, 352). En présence de leur fille, ils ont la même « extase » dans le regard (*In*, 384 ; *PG*, 229). Si Goriot devient un véritable « Christ de la paternité » (231), Bourlac a « souffert la passion de Jésus-Christ » pendant cinq ans (*In*, 359).

La vie personnelle des deux vieillards offre d'autres similitudes. Réduits à la misère au moment du drame, ils ont connu autrefois une carrière prospère et la richesse ; cela recoupe d'autres réflexions de Balzac sur l'origine et surtout les aléas des fortunes, au gré des politiques. Leur vie conjugale est parallèle : époux exemplaires, ils se retrouvent tous deux veufs et uniques soutiens de leurs filles. « J'ai fidèlement aimé ma femme, qui méritait un pareil amour. Je suis père comme j'ai été mari, c'est tout vous dire en un mot », dit Bourlac (*In*, 338). Ce pourrait être une formule du père Goriot. Natures peu ouvertes, par ailleurs, ils se signalent par des « sentiments exclusifs » : employée pour Goriot (124) et même développée (« hors de sa passion [...], c'est une bête brute », *PG*, 88), l'expression aurait pu l'être aussi dans *L'Initié* : « Je n'ai pas le cœur fait à loger beaucoup de sentiments », explique M. Bernard (338).

Dès la critique contemporaine de Balzac, on a considéré *Le Roi Lear* de Shakespeare (rédigé vers 1605) comme l'une des sources littéraires possibles du *Père Goriot*.

Shakespeare avait voulu représenter dans son vieux roi la paternité aveugle et folle, se dépouillant de tout, sceptre, grandeurs, fortune, au profit de deux filles dont la noire ingratitude le payait de ses sacrifices. Mais pour l'honneur de la nature

Le Courrier français, 15 avril 1835. Cité par P.-G. Castex dans son introduction (éd. citée), p. XIII-XIV.

Les romans populaires illustrés, 1853. *Le journal pour rire*. Gravure sur bois par Dumont. Maison de Balzac, Paris. Photo Jean-Loup Charmet.

humaine, en regard de deux filles perfides et barbares, Gonerill et Regane, Shakespeare avait placé Cordélia, fille pieuse et dévouée. Pour l'honneur de la paternité, autant le poète lui avait donné de la tendresse pour les enfants qui devaient le trahir, autant la trahison consommée, il l'avait embrasé de fureur contre ces indignes objets d'une passion non moins vive que malheureuse. M. de Balzac, au contraire, n'a rien accordé à l'honneur de la paternité ; le père Goriot n'a point d'Antigone qui le console, point de colère qui le venge.

Pas de fille aimante, c'est vrai, auprès du père Goriot, mais Victorine, fille délaissée par son père, est bien cette fille « pieuse et dévouée » que Goriot aurait méritée.

Le personnage du père Goriot trop épris de ses filles a été toutefois sévèrement jugé.

La conscience de l'autorité paternelle est ce qui manque le plus aux pères tels que les représente le roman moderne. Ils aiment leurs enfants, mais ils les aiment comme Triboulet aime sa fille ; leur amour tient de l'instinct, et, pour que nous ne puissions nous faire aucune illusion sur la nature de cette affection paternelle, on prend soin de la définir : « un sentiment irréfléchi qui s'élève jusqu'au sublime de la nature canine ».

Ne cherchez donc pas ici cet amour paternel, intelligent et grave, qui est à la fois une vertu et un bonheur, cet amour uni au commandement afin de rendre le commandement plus doux et l'obéissance plus facile, le père aime irrésistiblement et par instinct, aussi sa tendresse a tous les caractères de l'instinct...

Je ne puis avoir pour ce sentiment de paternité poussé « jusqu'à la déraison » qu'un sentiment de pitié pénible, car la monomanie attriste ou fait rire, selon les goûts, mais elle n'attire pas. Puis-je être plus touché quand, au lieu de ce langage

Saint-Marc Girardin, *Cours de littérature dramatique*, 1843, tome I, p. 208.

emprunté au dictionnaire de la physiologie et de la médecine, l'auteur se sert, pour peindre l'amour paternel, de mots consacrés à peindre un autre amour ? Cette transposition de sentiments et de style me choque encore plus. Quand Mme Guyon exprimait combien elle aimait Dieu, elle empruntait aussi ses expressions au langage de la passion humaine : son style faisait de Dieu un amant, et Bossuet, s'indignant de cette confusion profane de paroles, demandait à Dieu d'envoyer le plus brûlant de ses Chérubins pour purifier avec un charbon ardent les lèvres qui parlaient de l'amour de Dieu comme on parle de l'amour des hommes.

Et moi aussi je demanderais volontiers le charbon ardent des chérubins pour purifier les lèvres d'un père qui parle de l'amour paternel comme on parle de l'amour des amants.

Le « sublime » chez le père Goriot préserve, en dépit de certaines apparences, une part de son sens originel d'élévation.

C'est ce qui donne sa force pathétique à la prodigieuse pièce orchestrale qui achève *Le Père Goriot* et que le romancier intitula pour la publication dans la *Revue de Paris* « La mort du père ». Toutes les voix du sublime balzacien y sont conjuguées dans un univers si disgracié que le sublime y est perverti et rendu dérisoire.

Dans aucun autre de ses romans Balzac n'accorde tant d'importance à la mort de son protagoniste. Le vaste tableau de « La mort du père », sous son titre générique, réalise pour le lecteur balzacien l'archétype de la mort du pauvre, de la mort par amour et du parricide.

La mort du pauvre : Goriot a atteint un tel degré de misère, d'abaissement qu'il ne mourra même pas à l'hôpital. Il est « intransportable » vers ce quartier des « Incurables » qui serait comme un luxe pour lui : il mourra « comme un chien », dans

Arlette Michel, « Le pathétique balzacien dans *La Peau de chagrin*, *Histoire des Treize* et *Le Père Goriot* », *Année balzacienne*, 1985, p. 240-242.

une « écurie ». Or cette fin abominable lui est infligée par l'égoïsme bien parisien de ses filles — ce qui constitue, à proprement parler, un « parricide », même s'il est « élégant ». Comment parler de sublime dans un tel contexte ? Le mot n'apparaît que deux fois dans les pages que nous considérons : chaque fois il est appliqué aux filles de Goriot et son emploi est marqué d'une ironie sinistre qui, bien sûr, le dévalue radicalement. Il est dit d'abord que les Parisiennes « sacrifient plus de sentiments que les autres femmes à leurs passions », d'où le commentaire : « elles se grandissent de toutes leurs petitesses, et deviennent sublimes ». Le sublime naît donc du contraste : première idée fondamentale. On se souvient avec quelle force Hugo l'avait exprimée dans la Préface de *Cromwell*. Mais le sublime ne désigne une grandeur que dans le registre de la mesquinerie. Encore ce mot est-il faible. À propos de Delphine et de l'amour que lui porte Rastignac, Balzac formule ce jugement : « Infâme ou sublime, il adorait cette femme pour les voluptés qu'il lui avait apportées en dot, et pour toutes celles qu'il en avait reçues. » Infâme ou sublime ? Question de point de vue.

Il serait bien insuffisant de dire que le pathétique, dans le finale du *Père Goriot*, naît de la coexistence typiquement parisienne du luxe et de la misère. Le romancier se montre plus amer : c'est la perversion radicale des valeurs et l'abaissement du grand nombre jusqu'à la petitesse qui produisent l'horrible misère de ceux qui ne sont pas faits pour la petitesse. Si le sublime a encore un sens, c'est dans cet atroce contraste. Ne nous étonnons donc pas de ce couple de termes assez fréquent chez notre auteur : « Ce fut horrible et sublime. »

Il faut se tourner vers Goriot. Chez lui le sublime préserve une part de son sens originel : il est élévation ; mais l'héroïsme même du sentiment est toujours mêlé de frénésie, de cette horreur que l'excès d'énergie des passions communique à celles-ci. Goriot est père : Balzac voit même en lui « le Christ de la paternité », dans la mesure où la vie, pour lui, c'est de « donner toujours », de partager les douleurs — « mon cœur est grand, il peut tout recevoir » ; d'où ce cri qui sauve sa mort de l'absurde : « Je voudrais prendre vos peines, souffrir pour vous. » Il mourra en effet quand il ne pourra plus rien donner. Mais en même temps, être père, c'est « jouir de ses enfants », porter l'idolâtrie jusqu'à la démence : « Mes filles, c'était mon vice à moi ; elles étaient mes maîtresses, enfin tout ! » Cet égotisme furieux de la passion va jusqu'au désir masochiste de sa propre destruction : « J'ai vécu pour être humilié, insulté. Je les aime tant, que j'avalais tous les affronts par lesquels elles me vendaient une pauvre petite jouissance honteuse. » Un tel amour conduit, selon la même logique, à la frénésie meurtrière. Si Ferragus veut brûler Paris pour sauver Clémence, Goriot rêve de se faire le tortionnaire de Nucingen : « Il y a une place de Grève pour les gendres de cette espèce-là [...] ; mais je le guillotinerais moi-même s'il n'y avait pas de bourreau. » Ou mieux, pensant à Restaud : « Je le brûlerai à petit feu ! » Le bonhomme rejoint même la sinistre révolte de Vautrin contre les lois. Le despotisme de sa passion paternelle, voilà le juste fondement pour une société nouvelle : « Plus de mariages ! C'est ce qui nous enlève nos filles, et nous ne les avons plus quand nous mourons. »

Ce sommet où se rencontrent la grandeur et la folie est celui du terrible sublime balzacien.

Les variations désobligeantes de madame de Langeais sur le nom de Goriot (Moriot, Foriot, Doriot : autant d'« erreurs » qui témoignent du refus

d'identité) ont peut-être inspiré une scène des *Misérables* **(1862) de Victor Hugo, celle où M. Gillenormand, grand-père de Marius, déforme le nom donné à Cosette.**

« Ah ça, vous avez un état ? une fortune faite ? combien gagnez-vous dans votre métier d'avocat ?

— Rien, dit Marius avec une sorte de fermeté et de résolution presque farouche.

— Rien ? vous n'avez pour vivre que les douze cents livres que je vous fais ? »

Marius ne répondit point, M. Gillenormand continua :

« Alors, je comprends, c'est que la fille est riche ?

— Comme moi.

— Quoi ! pas de dot ?

— Non.

— Des espérances ?

— Je ne crois pas.

— Toute nue ! et qu'est-ce que c'est que le père ?

— Je ne sais pas.

— Et comment s'appelle-t-elle ?

— Mlle Fauchelevent.

— Fauchequoi ?

— Fauchelevent.

— Ptt ! fit le vieillard.

— Monsieur ! » s'écria Marius.

M. Gillenormand l'interrompit du ton d'un homme qui se parle à lui-même.

« C'est cela, vingt et un ans, pas d'état, douze cents livres par an. Mme la baronne Pontmercy ira acheter deux sous de persil chez la fruitière.

— Monsieur, reprit Marius dans l'égarement de la dernière espérance qui s'évanouit, je vous en supplie ! je vous en conjure, au nom du Ciel, à

V. Hugo, *Les Misérables*, IVe partie, livre VIII, chapitre VII, « Le vieux cœur et le jeune cœur en présence », Folio, III, no 350, p. 71-72.

mains jointes, monsieur, je me mets à vos pieds, permettez-moi de l'épouser. » Le vieillard poussa un éclat de rire strident et lugubre à travers lequel il toussait et parlait.

« Ah ! ah ! ah ! vous vous êtes dit : " Pardine ! je vais aller trouver cette vieille perruque, cette absurde ganache ! Quel dommage que je n'aie pas mes vingt-cinq ans ! comme je te vous lui flanquerais une bonne sommation respectueuse ! comme je me passerais de lui ! C'est égal, je lui dirai : Vieux crétin, tu es trop heureux de me voir, j'ai envie de me marier, j'ai envie d'épouser mamselle n'importe qui, fille de monsieur n'importe quoi, je n'ai pas de souliers, elle n'a pas de chemise, ça va, j'ai envie de jeter à l'eau ma carrière, mon avenir, ma jeunesse, ma vie, j'ai envie de faire un plongeon dans la misère avec une femme au cou, c'est mon idée, il faut que tu y consentes ! et le vieux fossile consentira. " Va, mon garçon, comme tu voudras, attache-toi ton pavé, épouse ta Pousselevent, ta Coupelevent... Jamais, monsieur ! jamais ! »

Dans un autre contexte, la douleur de Jean Valjean est bien proche de celle de Goriot après le mariage qui le prive de son « ange » Cosette.

Jean Valjean rentra chez lui. Il alluma sa chandelle et monta. L'appartement était vide. Toussaint elle-même n'y était plus. Le pas de Jean Valjean faisait dans les chambres plus de bruit qu'à l'ordinaire. Toutes les armoires étaient ouvertes. Il pénétra dans la chambre de Cosette. Il n'y avait pas de draps au lit. L'oreiller de coutil, sans taie et sans dentelles, était posé sur les couvertures pliées au pied du matelas dont on voyait la toile et où personne ne devait plus coucher. Tous les petits objets féminins auxquels tenait Cosette avaient été emportés ; il ne restait que les gros meubles et les quatre murs. [...]

Ibid., V^e partie, livre VI, chapitre III, « L'inséparable », Folio, III, n° 350, p. 454-455.

Il s'approcha de son lit, et ses yeux s'arrêtèrent, fut-ce par hasard ? fut-ce avec intention ? sur l'*inséparable*, dont Cosette avait été jalouse, sur la petite malle qui ne le quittait jamais. Le 4 juin, en arrivant rue de l'Homme-Armé, il l'avait déposée sur un guéridon près de son chevet. Il alla à ce guéridon avec une sorte de vivacité, prit dans sa poche une clef, et ouvrit la valise.

Il en tira lentement les vêtements avec lesquels, dix ans auparavant, Cosette avait quitté Montfermeil ; d'abord la petite robe noire, puis le fichu noir, puis les bons gros souliers d'enfant que Cosette aurait presque pu mettre encore, tant elle avait le pied petit, puis la brassière de futaine bien épaisse, puis le jupon de tricot, puis le tablier à poches, puis les bas de laine. Ces bas, où était encore gracieusement marquée la forme d'une petite jambe, n'étaient guère plus longs que la main de Jean Valjean. Tout cela était de couleur noire.

C'était lui qui avait apporté ces vêtements pour elle à Montfermeil. À mesure qu'il les ôtait de la valise, il les posait sur le lit. Il pensait. Il se rappelait. C'était en hiver, un mois de décembre très froid, elle grelottait à demi nue dans des guenilles, ses pauvres petits pieds tout rouges dans des sabots. Lui Jean Valjean, il lui avait fait quitter ces haillons pour lui faire mettre cet habillement de deuil. La mère avait dû être contente dans sa tombe de voir sa fille porter son deuil, et surtout de voir qu'elle était vêtue et qu'elle avait chaud. Il pensait à cette forêt de Montfermeil ; ils l'avaient traversée ensemble ; Cosette et lui ; il pensait au temps qu'il faisait, aux arbres sans feuilles, au bois sans oiseaux, au ciel sans soleil ; c'est égal, c'était charmant. Il rangea les petites nippes sur le lit, le fichu près du jupon, les bas à côté des souliers, la brassière à côté de la robe, et il les regarda l'une après l'autre. Elle n'était pas plus haute que cela, elle avait sa grande poupée dans ses bras, elle avait mis son louis d'or dans la poche de ce tablier, elle riait, ils marchaient tous les deux se tenant par la main, elle n'avait que lui au monde. Alors sa vénérable tête blanche tomba sur le lit, ce vieux cœur stoïque se brisa, sa face s'abîma pour ainsi dire dans les vêtements de Cosette, et si quelqu'un eût passé dans l'escalier en ce moment, on eût entendu d'effrayants sanglots.

Quant à la mort de Jean Valjean, elle est comme l'envers lumineux de celle de Goriot.

« Je vais donc m'en aller, mes enfants. Aimez-vous bien toujours. Il n'y a guère autre chose que cela dans le monde : s'aimer. Vous penserez quelquefois au pauvre vieux qui est mort ici. Ô ma Cosette ! ce n'est pas ma faute, va, si je ne t'ai pas vue tous ces temps-ci, cela me fendait le cœur ; j'allais jusqu'au coin de ta rue, je devais faire un drôle d'effet aux gens qui me voyaient passer, j'étais comme un fou, une fois je suis sorti sans chapeau. Mes enfants, voici que je ne vois plus très clair, j'avais encore des choses à dire, mais c'est égal. Pensez un peu à moi. Vous êtes des êtres bénis. Je ne sais pas ce que j'ai, je vois de la lumière. Approchez encore. Je meurs heureux. Donnez-moi vos chères têtes bien-aimées, que je mette mes mains dessus. »

Ibid., livre IX, chapitre v : « Nuit derrière laquelle il y a le jour », Folio, III, n° 350, p. 540-541.

Cosette et Marius tombèrent à genoux, éperdus, étouffés de larmes, chacun sur une des mains de Jean Valjean. Ces mains augustes ne remuaient plus. Il était renversé en arrière, la lueur des deux chandeliers l'éclairait ; sa face blanche regardait le ciel, il laissait Cosette et Marius couvrir ses mains de baisers ; il était mort.

La nuit était sans étoile et profondément obscure. Sans doute, dans l'ombre, quelque ange immense était debout, les ailes déployées, attendant l'âme.

Comme lui, il sera enterré au Père-Lachaise, « ville de sépulcres » évoquée à plusieurs reprises dans *La Comédie humaine*, avec tout son clinquant (voir plus loin l'extrait de *Ferragus*). Ici, c'est l'envers modeste et poétique de ce jardin des morts que choisit Hugo pour son héros.

Le cimetière du Père-Lachaise est déjà présent dans *Ferragus*, longuement décrit dans son aspect mondain et théâtral propice à la méditation sur les vanités du monde. Ce monde que Rastignac choisira et que Jules Desmarets refuse, se jurant du haut de ce même cimetière de venger la mort de sa femme.

Jacquet réussit à l'emmener de cette enceinte divisée comme un damier par des grilles en bronze, par d'élégants compartiments où étaient enfermés des tombeaux tous enrichis de palmes, d'inscriptions, de larmes aussi froides que les pierres dont s'étaient servis des gens désolés pour faire sculpter leurs regrets et leurs larmes. Il y a là de bons mots gravés en noir, des épigrammes contre les curieux, des *concetti*, des adieux spirituels, des rendez-vous pris où il ne se trouve jamais qu'une personne, des biographies prétentieuses, du clinquant, des guenilles, des paillettes. Ici des thyrses ; là, des fers de lance ; plus loin, des urnes égyptiennes ; çà et là, quelques canons ; partout, les emblèmes de mille professions ; enfin tous les styles : du mauresque, du grec, du gothique, des frises, des oves, des peintures, des urnes, des génies, des temples, beaucoup d'immortelles fanées et de rosiers morts. C'est une infâme comédie ! c'est encore tout Paris avec ses rues, ses enseignes, ses industries, ses hôtels ; mais vu par le verre dégrossissant de la lorgnette, un Paris microscopique réduit aux petites dimensions des ombres, des larves, des morts, un genre humain qui n'a plus rien de grand

Balzac, *Histoire des Treize*, Paris, Garnier, 1966, p. 163-164.

que sa vanité. Puis Jules aperçut à ses pieds, dans la longue vallée de la Seine, entre les coteaux de Vaugirard, de Meudon, entre ceux de Belleville et de Montmartre, le véritable Paris, enveloppé d'un voile bleuâtre, produit par ses fumées, et que la lumière du soleil rendait alors diaphane. Il embrassa d'un coup d'œil furtif ces quarante mille maisons, et dit, en montrant l'espace compris entre la colonne de la place Vendôme et la coupole d'or des Invalides : — Elle m'a été enlevée là, par la funeste curiosité de ce monde qui s'agite et se presse, pour se presser et s'agiter.

B. VAUTRIN

On a souvent insisté sur la ressemblance entre Vidocq et Vautrin. Le romancier a rencontré plusieurs fois l'ancien forçat devenu chef de la Sûreté et Vautrin semble, en effet, emprunter bien des traits à Vidocq. Le témoignage de Léon Gozlan qui assista à un dîner donné par Balzac est précieux à cet égard. Face au maître de maison il voit :

un homme à figure bovine, large du front, bestiale du bas, solide, inquiétante, d'un caractère étrange : cheveux autrefois rouges assurément, aujourd'hui blancs-blonds ; regards autrefois bleus, aujourd'hui gris d'hiver. Ensemble complexe, rustique et subtil, d'une expression peu facile à définir d'un mot, d'un trait, du premier coup. Calme, cependant, mais calme à la manière redoutable des sphinx égyptiens. Il y a des griffes quelque part. Du reste, je dois dire ici que l'homme posa si habilement pendant toute la soirée son buste d'Hercule, mais d'Hercule après les douze travaux, fatigué et voûté, pendant tout le temps qu'il passa chez Balzac cette fois-là, qu'il me fut

Léon Gozlan, « Vidocq chez l'auteur de Vautrin », *Souvenirs anecdotiques sur Balzac*, *in Revue contemporaine*, 2e série, tome II, 31 mars 1858.

impossible de voir sa figure d'une manière assez suivie pour en retenir fermement les traits, pour pouvoir les grouper et les fixer plus tard sous la plume. Ni à la lumière du jour, qui déclinait déjà beaucoup, il est vrai, quand je fus introduit, ni à la clarté des lampes qu'on ne tarda pas à apporter, cette figure ne se dévoila une seule fois franchement à mon regard. Je n'en saisis jamais qu'un quartier. N'y eut-il que du hasard dans cet accident, y eut-il de la volonté du personnage, c'est ce que je ne saurais affirmer : mais par l'effet d'une cause ou d'une autre, ce masque m'échappa constamment sans qu'il y eût pourtant affectation apparente de sa part à se dérober à l'examen. Quel était donc cet homme ? C'est avec un simple mouvement de ses mains, qui me parurent d'un beau moulage, d'une rare expression de souplesse et d'autorité, et qu'il agitait parfois avec la coquetterie qu'y aurait mise une femme, et qu'il laissait tomber aussi parfois avec la lourdeur royale d'une patte de tigre ; c'est avec leur simple mouvement, dis-je, qu'il sut échapper à toute minutieuse analyse. Tantôt il les faisait se rencontrer sur son front comme un homme occupé à empêcher sa mémoire de s'évaporer, et alors son visage était à demi invisible ; tantôt il plaçait l'une ou l'autre en écran au-dessus de ses sourcils, afin de garantir ses yeux du trop vif éclat de la lumière, ou bien il les croisait au repos sur sa bouche, ainsi qu'on fait dans les moments de profonde attention portée aux choses qu'on écoute. Et, singulière influence de cette individualité, je sentis, bien avant que Balzac ne m'eût présenté à ce convive, nouveau pour moi, qu'il remplissait l'espace où nous nous trouvions de sa puissance translucide : enfin, on éprouvait, — c'est du moins ma sensation personnelle — qu'il n'y avait pas que le poids d'une seule planète souverainement intelligente dans le milieu où nous respirions. À côté de celle de Balzac, il y en avait assurément une autre ce soir-là qui gravitait et attirait.

En enfonçant les doigts dans une grosse pêche de Montreuil qu'il se disposait à porter à ses dents de sanglier, et en me désignant d'un coup d'œil satisfait le personnage qui m'était inconnu, il me dit : « Je vous présente M. Vidocq. »

À ce nom fameux dans l'histoire de la police, je me rappelai avoir entrevu ce type de Vautrin dans les allées des Jardies, mais sans que Balzac me l'eût jamais présenté, ni qu'il m'eût dit quel personnage officiel et mystérieux c'était.

Vautrin avec son « crin fauve » appartient à une lignée de personnages dont le système pileux est révélateur d'énergie, de puissance vitale.

Cheveux, mais aussi bien sourcils, barbe, moustache, plus généralement poils : voilà bien l'un des êtres anatomiques sur lesquels s'arrête avec le plus de soin, d'attention presque maniaque la rêverie déchiffrante de Balzac. Car c'est en lui peut-être que se trahit le mieux la force interne. La pulsion ardente ou éruptive s'y mue quasi continûment en déploiement fibreux. Cheveux ou poils semblent en effet prolonger matériellement en eux, et inscrire dans l'espace le plus actif de la poussée vitale. De là le don de buissonnement pileux accordé par Balzac à tous ses grands personnages énergiques, et surtout à ceux dont la vigueur, encore sauvage, non conventionnelle, reste toujours soumise à la tentation du crime. L'hirsute, le velu, ce sont des qualités qui annoncent presque fatalement ici la violence, le tonus sexuel, donc bientôt l'infraction, le non-respect des normes, légales ou formelles. Ajoutons que ces poils ont le plus souvent couleur rousse, ce qui permet de lire aussitôt en eux la flamme dont ils sont l'épanouissement ultime, et subsidiairement l'enfer qui constitue le lieu théologico-

Jean-Pierre Richard, *Études sur le romantisme*, © Éditions du Seuil, 1971, coll. « Pierres vives », p. 19-20.

moral de cette flamme. Vautrin nous alerte ainsi par des « mains épaisses, carrées, et fortement marquées aux phalanges par des bouquets de poils touffus et d'un roux ardent ». Ses cheveux sont d'ailleurs du même roux, teinte si éminemment suspecte qu'il est obligé de les cacher par une perruque. On se souvient que lors de son arrestation, le premier geste du policier, Bibi Lupin, sera de faire sauter cette perruque, ce qui, par la brusque révélation de la chevelure jaune suffit à afficher la criminalité flamboyante du bandit. Butifer aussi, dans *Le Médecin de campagne*, possède « la barbe, les moustaches, les favoris roux » qui le marquent comme hors-la-loi. Ou voyez encore Michu, le régisseur d'*Une ténébreuse affaire* : héros violent et malheureux, il se présente physionomiquement à nous à travers un thème de congestion humorale et énergétique (annonciateur d'un thème ultérieur d'éclatement), — concentration elle-même soulignée par l'inévitable déploiement de la pilosité rousse : il « avait une face blanche, injectée de sang, ramassée comme celle d'un Calmouque, et à laquelle des cheveux rouges, crépus, donnaient une expression sinistre ».

Vautrin incarne le verbe maléfique. Ce que dit sa bouche d'ombre en fait le conscient rival de Dieu.

C'est cette paternité divine que Vautrin refuse en se substituant au Dieu créateur, et il y a beaucoup plus dans cette attitude que dans la révolte du héros byronien contre un ordre qui n'est pas autre chose, au fond, qu'un ordre social injuste et oppressif. La poésie de son personnage n'est pas seulement celle d'une énergie effrénée, d'une animalité vigoureuse, d'une vitalité que rien n'arrête, c'est aussi la poésie d'un poète, et il n'est poète que dans la mesure où il a le mal pour objet. « Je suis ce que vous appelez un artiste... Je suis un

Max Milner, « La poésie du mal chez Balzac », *Année balzacienne*, 1963, p. 329-331.

Mort du père Goriot. Lithographie, XIXᵉ siècle. Photo Gisèle Namur / Lalance.

grand poëte. Mes poësies, je ne les écris pas, elles consistent en actions et en sentiments. » Il faut prendre ces affirmations au pied de la lettre et voir tout ce qu'elles impliquent. Un poète est généralement un homme qui se donne l'illusion d'être Dieu en créant la seule chose qu'il soit à la portée de l'homme de créer : de l'imaginaire. Il joue à être Dieu. Aussi, quelque satanique que puisse être son propos, son œuvre, loin de porter ombrage au Créateur, est-elle toujours un reflet de la création. Vautrin ne veut pas créer un reflet, il ne veut pas être Dieu pour rire. Il crée donc des actions, les seules actions qui ne puissent pas avoir Dieu pour cause, des actions mauvaises. « Je ferai vouloir le Père éternel », dit-il, et il s'agit d'un assassinat.

De là le rôle de tentateur et de corrupteur qu'il assume par rapport à Rastignac et à Lucien de Rubempré. On aurait tort, bien sûr, de croire qu'il ne cherche, comme il l'explique au premier, qu'à se procurer des instruments pour réaliser ses desseins ambitieux. Il s'agit de s'emparer d'une âme, de la vider de sa liberté, qui est l'effigie de Dieu en elle, et de s'y loger à la place du Créateur. Pleinement satisfait de son œuvre, l'artiste satanique jouira alors des harmonies qu'il aura su tirer de son instrument humain, et ces harmonies, qui seront des sentiments *réels*, lui donneront non pas l'illusion, mais la réalité de la possession du monde : un homme comme vous, dit-il à Rastignac, « ce n'est plus une machine couverte en peau, mais un théâtre où s'émeuvent les plus beaux sentiments, et je ne vis que par les sentiments. Un sentiment, n'est-ce pas le monde dans une pensée ? » [...]

La passion de Vautrin est d'une espèce très particulière, parce qu'au lieu de l'absorber en un autre être elle l'amène à remodeler cet être et à le jeter dans la vie pour vivre à travers lui. On ose à peine citer, tant elles sont connues, les dernières pages d'*Illusions perdues* : « Je veux animer ma créature, la façonner, la pétrir à mon usage, afin de l'aimer comme un père aime son enfant. Je roulerai dans ton tilbury, mon garçon, je me réjouirai de tes succès auprès des femmes, je dirai : ce beau jeune homme, c'est moi... »

Ce qu'il faut bien comprendre, c'est qu'en vivant par procuration Vautrin réalise cette synthèse du savoir et du vouloir, de la connaissance et de l'action qui est interdite à tout autre personnage de *La Comédie humaine*. Il « vit par les sentiments », comme les grands passionnés, mais il n'est pas absorbé et anéanti par eux, car ces sentiments s'émeuvent dans un autre, comme dans un théâtre. Sa jouissance ne l'use pas, comme celle de Raphaël, et ne le contraint pas à l'impassibilité, comme celle de Gobseck.

Dans *Illusions perdues*, quelques années après *Le Père Goriot*, le discours toujours aussi cynique de Vautrin (devenu l'abbé Carlos Herrera) parviendra à séduire Lucien de Rubempré : il acceptera le pacte refusé par Eugène de Rastignac.

— La morale, jeune homme, commence à la loi, dit le prêtre. S'il ne s'agissait que de religion, les lois seraient inutiles : les peuples religieux ont peu de lois. Au-dessus de la loi civile, est la loi politique. Eh ! bien, voulez-vous savoir ce qui, pour un homme politique, est écrit sur le front de votre dix-neuvième siècle ? Les Français ont inventé, en 1793, une souveraineté populaire qui s'est terminée par un empereur absolu. Voilà pour votre histoire nationale. Quant aux mœurs : madame Tallien et madame de Beauharnais ont tenu la même conduite, Napoléon épouse l'une, fait d'elle votre impératrice, et n'a jamais voulu recevoir l'autre, quoiqu'elle fût princesse. Sans-culotte en 1793, Napoléon chausse la couronne de fer en 1804. Les féroces amants de *l'Égalité ou la Mort* de 1792, deviennent, dès 1806, complices d'une

Balzac, *Illusions perdues*, in *La Comédie humaine*, « Bibliothèque de la Pléiade », tome V, p. 699-701.

aristocratie légitimée par Louis XVIII. À l'étranger, l'aristocratie, qui trône aujourd'hui dans son faubourg Saint-Germain, a fait pis : elle a été usurière, elle a été marchande, elle a fait des petits pâtés, elle a été cuisinière, fermière, gardeuse de moutons. En France donc, la loi politique, aussi bien que la loi morale, tous et chacun ont démenti le début au point d'arrivée, leurs opinions par la conduite, ou la conduite par les opinions. Il n'y a pas eu de logique, ni dans le gouvernement, ni chez les particuliers. Aussi n'avez-vous plus de morale. Aujourd'hui, chez vous, le succès est la raison suprême de toutes les actions, quelles qu'elles soient. Le fait n'est donc plus rien en lui-même, il est tout entier dans l'idée que les autres s'en forment. De là, jeune homme, un second précepte : ayez de beaux dehors ! cachez l'envers de votre vie, et présentez un endroit très brillant. La discrétion, cette devise des ambitieux, est celle de notre Ordre, faites-en la vôtre. Les grands commettent presque autant de lâchetés que les misérables ; mais ils les commettent dans l'ombre et font parade de leurs vertus : ils restent grands. Les petits déploient leurs vertus dans l'ombre, ils exposent leurs misères au grand jour : ils sont méprisés. Vous avez caché vos grandeurs et vous avez laissé voir vos plaies. [...]

Ainsi, la société, mon fils, est forcée de distinguer, pour son compte, ce que je vous fais distinguer pour le vôtre. Le grand point est de s'égaler à toute la Société. Napoléon, Richelieu, les Médicis s'égalèrent à leur siècle. Vous, vous vous estimez douze mille francs !... Votre Société n'adore plus le vrai Dieu, mais le Veau-d'Or ! Telle est la religion de votre Charte, qui ne tient plus compte, en politique, que de la propriété. N'est-ce pas dire à tous les sujets : Tâchez d'être riches ?... Quand, après avoir su trouver légalement une fortune, vous serez riche et marquis de Rubempré, vous vous permettrez le luxe de l'honneur. Vous ferez alors profession de tant de délicatesse, que personne n'osera vous accuser d'en avoir jamais manqué, si vous en manquiez toutefois en faisant fortune, ce que je ne vous conseillerais jamais, dit le prêtre en prenant la main de Lucien et la lui tapotant. Que devez-vous donc mettre dans cette belle tête ?... Uniquement le thème que voici : Se donner un but éclatant et cacher ses moyens d'arriver, tout en cachant sa marche. Vous avez agi en enfant, soyez homme, soyez chasseur, mettez-vous à l'affût, embusquez-vous dans le monde parisien, attendez une proie et un hasard, ne ménagez ni votre personne, ni ce qu'on appelle la dignité ; car nous obéissons tous à quelque chose, à un vice, à une nécessité, mais observez la loi suprême ! le secret.

Le personnage de l'usurier Gobseck déclinant ses pouvoirs occultes nous apparaît parfois comme une sorte de double de Vautrin.

« Mon regard est comme celui de Dieu, je vois dans les cœurs. Rien ne m'est caché. L'on ne refuse rien à qui lie et délie les cordons du sac. Je suis assez riche pour acheter les consciences de ceux qui font mouvoir les ministres, depuis leurs garçons de bureau jusqu'à leurs maîtresses : n'est-ce pas le Pouvoir ? Je puis avoir les plus belles femmes et leurs plus tendres caresses, n'est-ce pas le Plaisir ? Le Pouvoir et le Plaisir ne résument-ils pas tout votre ordre social ? Nous sommes dans Paris une dizaine ainsi, tous rois silencieux et inconnus, les arbitres de vos destinées. La vie n'est-elle pas une machine à laquelle l'argent imprime le mouvement. Sachez-le, les moyens se confondent toujours avec les résultats : vous n'arriverez jamais à séparer l'âme des sens, l'esprit de la matière. L'or est le spiritualisme de vos sociétés actuelles. Liés par le même inté-

Balzac, *Gobseck*, in *La Comédie humaine*, « Bibliothèque de la Pléiade », tome II, p. 976-977.

rêt, nous nous rassemblons à certains jours de la semaine au café Thémis, près du Pont-Neuf. Là, nous nous révélons les mystères de la finance. Aucune fortune ne peut nous mentir, nous possédons les secrets de toutes les familles. »

La grande leçon de Vautrin à Rastignac rappelle étrangement celle du *Neveu de Rameau* évoquant l'éducation donnée à son fils :

Lui. — De lor, de l'or. L'or est tout ; et le reste, sans or, n'est rien. Aussi au lieu de lui farcir la tête de belles maximes qu'il faudroit qu'il oubliât, sous peine de n'etre qu'un gueux ; lors que je possede un louis, ce qui ne m'arrive pas souvent, je me plante devant lui. Je tire le louis de ma poche. Je le lui montre avec admiration. J'eleve les yeux au ciel. Je baise le louis devant lui. Et pour lui faire entendre mieux encore l'importance de la piece sacrée, je lui begaye de la voix ; je lui designe du doigt tout ce qu'on en peut acquerir, un beau fourreau, un beau toquet, un bon biscuit. Ensuite je mets le louis dans ma poche. Je me promene avec fierté ; je releve la basque de ma veste ; je frappe de la main sur mon gousset ; et c'est ainsi que je lui fais concevoir que c'est du louis qui est la, que nait l'assurance qu'il me voit.

Moi. — On ne peut rien de mieux. Mais s'il arrivoit que, profondement penetré de la valeur du louis, un jour...

Lui. — Je vous entends. Il faut fermer les yeux la dessus. Il n'y a point de principe de morale qui n'ait son inconvenient. Au pis aller, c'est un mauvais quart d'heure, et tout est fini.

Moi. — Meme d'apres des vues si courageuses et si sages, je persiste a croire qu'il seroit bon d'en faire un musicien. Je ne connois pas de moyen d'approcher plus rapidement des grands, de servir leurs vices, et de mettre a profit les siens.

Lui. — Il est vrai ; mais j'ai des projets d'un suc-

Diderot, *Le Neveu de Rameau*, édition Fabre, Genève, Droz, 1963, p. 92-93.

cès plus prompt et plus sur. Ah ! si c'etoit aussi bien une fille ! Mais comme on ne fait pas ce qu'on veut, il faut prendre ce qui vient ; en tirer le meilleur parti ; et pour cela, ne pas donner betement, comme la pluspart des peres qui ne feroient rien de pis, quand ils auroient medité le malheur de leurs enfants, l'education de Lacedemone, a un enfant destiné a vivre a Paris. Si elle est mauvaise, c'est la faute des mœurs de ma nation, et non la mienne. En repondra qui pourra. Je veux que mon fils soit heureux ; ou ce qui revient au meme honoré, riche et puissant. Je connois un peu les voyes les plus faciles d'arriver a ce but ; et je les lui enseignerai de bonne heure. Si vous me blamez, vous autres sages, la multitude et le succès m'absoudront. Il aura de l'or ; c'est moi qui vous le dis. S'il en a beaucoup, rien ne lui manquera, pas meme votre estime et votre respect.

Moi. — Vous pouriez vous tromper.

Lui. — Ou il s'en passera, comme bien d'autres.

C. RASTIGNAC

Au-delà de la rime Mass*iac*[1], Rastign*ac*, Balz*ac*, le jeune initié du *Père Goriot* et sa famille offrent bien des ressemblances avec leur créateur et sa parentèle :

À la fin de 1834, dans *Le Père Goriot*, apparaît Eugène de Massiac : un nom proche encore de celui de Balzac par ses deux syllabes, sa sifflante médiane, plus proche encore de sa consonance du nom de Balssa par les *a* qui sont ses voyelles de base, sa consonance finale : le nom le plus voisin de celui de son créateur. Le souci d'unité, la création systématique, à partir du *Père Goriot* inclus, des personnages reparaissant le feront

Pierre Citron, *Dans Balzac*, © Éditions du Seuil, 1986, p. 176-178. (La pagination de l'auteur renvoie à l'édition de la « Bibliothèque de la Pléiade » de *La Comédie humaine*.)

1. C'est le premier nom de famille d'Eugène dans le manuscrit.

disparaître, comme le petit Francisque du *Doigt de Dieu* : Balzac, non sans quelque incohérence, fera de lui Rastignac, ce personnage créé près de quatre ans plus tôt pour *La Peau de chagrin*, viveur, joueur, homme du monde, ami et mauvais génie de Raphaël de Valentin ; un personnage, à l'époque, sans prénom, sans physique, sans histoire préalable, sans âge précis, et apparemment pas encore noble. Dans *Le Père Goriot* comme dans le reste de *La Comédie humaine*, Rastignac (l'ex-Massiac) est peu typé physiquement. Il n'a de Balzac que les cheveux noirs (*Pl.*, III, 60) ; le lecteur ignore tout de sa taille, des traits de sa figure ; mais il a les yeux bleus et le teint blanc, et semble apparaître comme un joli garçon à Victorine Taillefer et à Delphine de Nucingen. Si on voulait le classer, ce serait sans doute plutôt du côté des contre-sosies.

Il fait, comme Balzac, des études de droit, loge au quartier Latin et a peu d'argent. Sa lettre à sa mère (120-121), deux réponses (126-130), quelques remarques de Vautrin qui a mené son enquête (137) nous renseignent sur la famille. Depuis longtemps les lecteurs avertis ont reconnu cette évidence : c'est la famille Balzac. Quelques indices. Dans la préface d'*Une fille d'Ève*, Balzac, voulant donner la notice biographique d'un de ses personnages, a choisi, entre tous, Rastignac. Dans *Le Père Goriot*, il s'appelle « de Rastignac », alors qu'il était « Rastignac » tout court dans la première édition de *La Peau de chagrin* — de même que M. de Balzac a commencé par être simplement Honoré Balzac. Il est né en 1799 comme le romancier — et comme Gaston de Nueil. Il a comme lui deux sœurs dont l'aînée s'appelle Laure ; elle a deux ans de moins que lui (seize mois chez les Balzac, mais on a vu [p. 20] qu'Honoré avait tendance à grossir cet écart). C'est avec elle qu'il est le plus intime. C'est elle dont la

lettre est reproduite — et rappelle les lettres de
Laure Balzac : c'est ici la sœur extérieure, visible,
uniquement fraternelle, et non la sœur-amante
fantasmatique. La seconde sœur est « la grosse
Agathe » comme Laurence Balzac était « la grosse
Laurence » dans les lettres familiales. Seule différence avec la famille de l'écrivain : il y a deux
petits frères — séparés par cinq ans comme Laurence et Henry chez les Balzac — et non un seul.
L'un d'eux s'appelle Henri ; rien n'indique pourtant
qu'il soit un enfant adultérin comme Henry de Balzac : l'adultère, compliquant toutes les relations,
n'avait pas sa place dans cet épisode secondaire.
Et cinq enfants, c'était le nombre d'enfants nés de
Mme Balzac en comptant Louis-Daniel disparu.
D'Henri de Rastignac, le lecteur ne saura plus
jamais rien dans *La Comédie humaine*, alors qu'il
sera question ailleurs des sœurs, et que le dernier
frère, Gabriel, aura même une certaine importance
dans *Le Curé de village*. Il réussira dans l'Église,
alors que son frère Henri est rejeté dans les
ténèbres extérieures où Balzac rêvait encore plus
ou moins vaguement d'envoyer son frère Henry.
L'état civil du clan Rastignac reste assez bien
connu, encore que l'apparition de la famille soit
brève : Balzac cherche plutôt ici à établir les bases
de son personnage principal, Rastignac, qu'à faire
revivre les siens. Et la famille est apparemment
unie — telle que pouvait apparaître de l'extérieur la
famille Balzac à un observateur superficiel, et telle
qu'elle n'était pas. Une zone demeure obscure :
Eugène de Rastignac, figure de Balzac, apparaît
au sortir de l'adolescence dans *Le Père Goriot* :
nous ne savons rien de son enfance ni de celle de
ses frères et sœurs, et nous n'en apprendrons rien
dans les vingt-cinq romans et récits de *La Comédie humaine* où il reparaîtra.

Il rencontrera une femme mariée, fort détachée
de son mari, auquel elle n'a pas été fidèle ; Del-

phine de Nucingen, qui a sept ans de plus que Rastignac et aura avec lui une liaison qui se poursuivra longtemps à travers de nombreux romans de *La Comédie humaine*, jusqu'au jour où, pour le garder, elle lui fera épouser sa fille (dans *Le Député d'Arcis*, rédigé en 1842-1843). On songe à Mme de Berny, et à son projet de marier Balzac avec sa fille Julie. Mais surtout, pour en rester au *Père Goriot*, Delphine est la grande initiatrice de Rastignac. On se souvient de la dernière phrase du roman, éclatante comme un coup de trompette après le « À nous deux maintenant ! » lancé à Paris : « Et, pour premier acte du défi qu'il portait à la Société, Rastignac alla dîner chez Mme de Nucingen. »

Rastignac, à peu de chose près, a donc la famille de Balzac et mène comme lui la vie d'étudiant à Paris. Du moins c'est ce qui est dit en passant ; mais la caractéristique des étudiants chez Balzac est qu'on ne les voit pas étudier ; jamais aucun d'entre eux n'est montré en train d'assister à un cours, de préparer ou de passer un examen, de discuter avec des camarades à la Faculté. Rastignac ne fait pas exception à la règle ; quand il n'est pas à la pension Vauquer, il mène une vie mondaine. Quant à sa vie personnelle avant son entrée en scène dans *Le Père Goriot*, on en ignore tout.

Certaines lettres de jeunesse adressées à Balzac par ses sœurs Laure et Laurence semblent avoir inspiré directement celle de Laure et Agathe de Rastignac à leur frère. En voici un exemple :

LAURE BALZAC À BALZAC

[Villeparisis,] 10 août 1819.
Je me faisais une fête de t'écrire, Rue Lesdiguières, Mon bon Honoré, ne voilà-t-il pas que je vais croire que le n° 9 n'est pas un bon numéro, puisque maman me charge de quelques

Correspondance générale, édition de R. Pierrot, tome I, Paris, Garnier, 1960, p. 27-29.

reproches pour toi ; papa nous a dit que tes premières actions de liberté avaient été d'acheter une
glace carrée et dorée, une gravure pour orner ta
chambre, maman ni papa ne sont contents ; mon
bon frère ; tu es maître de ton argent, aussi
devais-tu le bien employer au loyer blanchissage
et nourriture, quand nous pensons à ce que [sont]
8 f. de dépense sur ce que dans ce moment de
gêne, maman a pu te donner, elle est effrayée de
penser ce qui te restera pour vivre, elle veut te faire
remarquer que tu n'as pas été adroit dans ton
1er achat car tu lui fais voir que le sien est de trop
que ces 5 f. qui l'ont gênée ont été mal employés
et elle te prie de le remettre à la mère Comin
puisque 2 miroirs dans une chambre comme la
tienne sont sans doute inutiles. Au reste bon
Honoré, songe à ne pas te mettre comme cela en
faute, je n'aime et ne veux t'écrire que des ten-
dresses, te transmettre tout au plus les conseils
de maman — mais je ne suis pas contente de
cette commission du tout mais du tout.

Écris de suite à la date de Clermont une lettre
pour la fête de bonne maman qui est le 15 d'août,
Marie. M. Sanitas est censé avoir un ami qui se
rend de suite à Paris et qui en arrivant a promis à
M. Sanitas de la remettre au n° 40 de la rue du
Temple.

Tu as fais une bonne route tu as déjeuné avec
M. Sanitas tu dois dans 4 jours retrouver le neveu,
le lendemain tu dois faire déjà une des commis-
sions de Papa, ne t'étends pas trop en descriptions et détails de peur de t'embrouiller [il] ne faut
pas avoir beaucoup de choses à retenir. Arrange
cela pour le mieux. Es-tu bien ? as-tu des
punaises, du bruit ? comment se passent les journées ? Villeparisis est tantôt triste et tantôt gai, les
vacances vont lui donner du mouvement tu sais
qu'il en faut à la campagne ! On te croit en route
pour Albi et l'on prie pour les voyageurs, moi je

prie aussi, mais les prières ont une autre route ; je rêve, je pense souvent à toi, je t'aime beaucoup bon Honoré, j'écris mal pas un mot d'orthographe le début ne [m'a] pas mise en train. Dis à la mère Comin que dorénavant toutes les lettres de mon écriture qui lui seront adressées seront pour toi pour éviter 2 enveloppes de même que l'écriture de maman. Le pis aller serait que tu lui lirais ce qu'on lui dirait si c'était pour elle. D'ailleurs je pense que pour toi nous ferons une croix sur l'adresse x. Nous ne savons pas encore si les Dames de Bernis [sic] nous conviendront, nous devons peut-être passer l'hiver ici. Bonne maman nous a fait cadeau de 3 chapeaux de paille cousue comme on les porte ils sont superbes tu juges comme nous sommes fières. J'attends avec impatience la fin du mois de 7bre, mes pieds me brûlent de monter un 3e et ta petite table de noyer et tes déjeuners, compte-moi bien cela tu sais que les femmes aiment les détails le bavardage. Les environs de Villeparisis sont charmants au total, les bois sont jolis. J'étudie de 6 heures à 8 mon piano tous les matins et pendant les gammes comme l'imagination ne fait rien elle va rue Lesdiguières. Le rondo d'Hérold est copié je l'apprends mais maintenant tu n'entendras plus des sons qui t'ont fait plaisir quelquefois.

Mère Comin attendra une réponse à celle-ci adressée à maman dans laquelle se trouvera celle de bonne maman. Adieu mon bon frère je voudrais bien des choses, je te souhaite bien des choses.

Ta sœur Laure.

Eugène a des frères en *Comédie humaine* qui, chacun à leur manière, incarnent les rêves de Balzac. Aux origines de bien des romans, peut-être faut-il chercher le « roman des origines »...

La Comédie humaine abonde en jeunes hommes

Marthe Robert, *Roman des origines, origines du roman*, Paris, Éditions Bernard Grasset, 1972, p. 260-261.

« Rastignac, resté seul, fit quelques pas vers le haut du cimetière et vit Paris
tortueusement couché le long des deux rives de la Seine [...] »
Père Goriot. Lithographie XIXᵉ siècle de Victor Adam. Maison de Balzac, Paris.

de cette catégorie exceptionnelle — provinciaux mal dégrossis pressés de dévorer Paris, intellectuels besogneux et rongés d'orgueil, hautement conscients du génie dont ils attendent la gloire, « lions » affamés, dandys indolents et profonds se préparant une carrière fulgurante d'hommes d'État dans le scandale de leur vie privée — qui tous ont pour tâche d'élever au maximum le potentiel des rêves de Balzac, rêves de grandeur venus du fond du temps, rêves irréalisables et toujours convaincants dont ni l'âge, ni l'expérience, ni la raison de l'homme fait ne rompent l'enchantement. Dans l'invention de ces jeunes parvenus naïfs ou roués, amoureux ou cyniques, crédules ou blasés, le romancier se montre vraiment infatigable, mais il a beau multiplier variantes et modulations afin de changer autant que possible chaque fois la composition physique et morale du type initial, il ne peut faire que ses doubles charmants ne trahissent leur origine par une ressemblance suspecte, qui les rend parfois presque entièrement interchangeables. À travers Henri de Marsay, Eugène de Rastignac, Lucien de Rubempré, Félix de Vandenesse, Maxime de Trailles et combien d'autres moins marquants, c'est son autoportrait que Balzac ne cesse de remanier, comme si à se répéter indéfiniment en images il croyait pouvoir enfin changer le cours de sa destinée. Cette répétition, liée à l'intense plaisir de rêver, dont témoigne la prolifération des figures, et à l'insatisfaction non moins profonde qu'engendre le rêve inaccompli, est le moteur le plus puissant du cycle de contes qu'on a appelé *Les Mille et Une Nuits* de l'Occident, et peut-être le secret de tout romancier fécond.

Balzac a lu avec un intérêt admiratif *Le Rouge* **et** *le Noir* **de Stendhal publié en 1830, quatre ans avant** *Le Père Goriot,* **et l'on a parfois rapproché les per-**

sonnages de Julien Sorel et de Rastignac, deux ambitieux certes mais aux caractères et aux destins bien différents :

Paru en 1830, *Le Rouge et le Noir* a été salué par Balzac qui écrit en 1831 : « Il y a dans ces [...] conceptions littéraires le génie de l'époque, les senteurs cadavéreuses d'une société qui s'éteint » et qui invente l'expression « l'école du désenchantement » à propos de ce roman et d'autres œuvres du temps.

On peut se demander si le texte de Stendhal n'inspire pas en partie l'écriture du *Père Goriot*. Cependant l'ambition de Julien Sorel se confond avec l'individualisme, l'affirmation et la réalisation du moi, modelés par une interprétation personnelle du mythe napoléonien. Pour parvenir, pour « faire fortune », il adopte la tactique du compromis et de l'hypocrisie. Il brime son naturel pour la faire triompher, et il est donc constitué de contradictions qui le dynamisent et le condamnent en même temps. Il ne peut trouver de solution autre que tirer sur sa propre vie en tirant sur Madame de Rênal. Ce n'est pas à la société qu'il lance un défi, mais à lui-même : il échoue moralement, plus que socialement. En perdant son authenticité, il s'est perdu, car il n'a pas su trouver l'Autre. Stendhal condamne l'ambition, Balzac la légitime, puisqu'elle procède de la modernité.

La comparaison des dénouements est assez éclairante. Rastignac part à la conquête de la société et se rend chez sa maîtresse en quelque sorte « resocialisée » : ce n'est plus Delphine, mais Madame de Nucingen. Le changement de patronyme montre bien qu'il ne s'agit plus de rendez-vous galant, mais d'une entreprise calculée. Julien Sorel perd toute l'ambition qui l'avait jusqu'alors motivé, et redécouvre le bonheur de la passion amoureuse. [...]

Gérard Gingembre, *Le Père Goriot*, Paris, Magnard, 1986, coll. « Texte et contextes », p. 60-61.

Dès lors, il se sauve selon les critères d'une certaine « morale beyliste » et il accède à la transparence : il sait qui il est, et il peut mourir. L'affirmation de la passion constitue le terme ultime de sa quête ; Rastignac, lui, laisse derrière lui la passion amoureuse.

La Maison Nucingen, publiée en 1838, révèle la diabolique habileté du gros baron à l'air bonasse. Il a d'emblée jaugé Rastignac pour mieux l'utiliser à ses fins.

Nucingen n'avait point de neveu, n'osait prendre de confident, il lui fallait un homme dévoué, un Claparon intelligent, doué de bonnes manières, un véritable diplomate, un homme digne d'être ministre et digne de lui. Pareilles liaisons ne se forment ni en un jour, ni en un an. Rastignac avait alors été si bien entortillé par le baron que, comme le prince de la Paix, qui était autant aimé par le roi que par la reine d'Espagne, il croyait avoir conquis dans Nucingen une précieuse dupe. Après avoir ri d'un homme dont la portée lui fut longtemps inconnue, il avait fini par lui vouer un culte grave et sérieux en reconnaissant en lui la force qu'il croyait posséder seul. Dès son début à Paris, Rastignac fut conduit à mépriser la société tout entière. Dès 1820, il pensait, comme le baron, qu'il n'y a que des apparences d'honnête homme, et il regardait le monde comme la réunion de toutes les corruptions, de toutes les friponneries. S'il admettait des exceptions, il condamnait la masse : il ne croyait à aucune vertu, mais à des circonstances où l'homme est vertueux. Cette science fut l'affaire d'un moment ; elle fut acquise au sommet du Père-Lachaise, le jour où il y conduisait un pauvre honnête homme, le père de sa Delphine, mort la dupe de notre société, des sentiments les plus vrais, et abandonné par ses filles et par ses gendres. Il résolut de jouer tout ce monde, et de

Balzac, *La Maison Nucingen*, Folio, nº 1957, p. 194-196.

s'y tenir en grand costume de vertu, de probité, de belles manières. L'Égoïsme arma de pied en cap ce jeune noble. Quand le gars trouva Nucingen revêtu de la même armure, il l'estima comme au Moyen Âge, dans un tournoi, un chevalier damasquiné de la tête aux pieds, monté sur un barbe, eût estimé son adversaire houzé, monté comme lui. Mais il s'amollit pendant quelque temps dans les délices de Capoue. L'amitié d'une femme comme la baronne de Nucingen est de nature à faire abjurer tout égoïsme. Après avoir été trompée une première fois dans ses affections en rencontrant une mécanique de Birmingham, comme était feu de Marsay, Delphine dut éprouver, pour un homme jeune et plein des religions de la province, un attachement sans bornes. Cette tendresse a réagi sur Rastignac. Quand Nucingen eut passé à l'ami de sa femme le harnais que tout exploitant met à son exploité, ce qui arriva précisément au moment où il méditait sa troisième liquidation, il lui confia sa position, en lui montrant comme une obligation de son intimité, comme une réparation, le rôle de compère à prendre et à jouer. Le baron jugea dangereux d'initier son collaborateur conjugal à son plan. Rastignac crut à un malheur, et le baron lui laissa croire qu'il sauvait la boutique. Mais quand un écheveau a tant de fils, il s'y fait des nœuds. Rastignac trembla pour la fortune de Delphine : il stipula l'indépendance de la baronne, en exigeant une séparation de biens, en se jurant à lui-même de solder son compte avec elle en lui triplant sa fortune. Comme Eugène ne parlait pas de lui-même, Nucingen le supplia d'accepter, en cas de réussite complète, vingt-cinq actions de mille francs chacune dans les mines de plomb argentifère, que Rastignac prit pour ne pas l'offenser !

La Maison Nucingen permet aussi de mesurer tout le chemin parcouru par Rastignac depuis l'époque

de la pension Vauquer. Elle permet encore d'imaginer ce que fut la vie de Delphine auprès d'un mari cynique et habile dont elle est la « chose » ; sorte de marionnette dont on tire adroitement les ficelles. Delphine, à l'instar de beaucoup de femmes de son époque et de sa société, est peut-être autant à plaindre qu'à blâmer.

Il fera son chemin en politique comme dans le monde, dit Blondet.

Ibid., p. 131-133.

— Mais comment a-t-il fait sa fortune, demanda Couture. Il était en 1819 avec l'illustre Bianchon, dans une misérable pension du quartier latin ; sa famille mangeait des hannetons rôtis et buvait le vin du cru, pour pouvoir lui envoyer cent francs par mois ; le domaine de son père ne valait pas mille écus ; il avait deux sœurs et un frère sur les bras, et maintenant...

— Maintenant, il a quarante mille livres de rentes, reprit Finot ; chacune de ses sœurs a été richement dotée, noblement mariée, et il a laissé l'usufruit du domaine à sa mère...

— En 1827, dit Blondet, je l'ai encore vu sans le sou.

— Oh ! en 1827, dit Bixiou.

— Eh ! bien, reprit Finot, aujourd'hui nous le voyons en passe de devenir ministre, pair de France et tout ce qu'il voudra être ! Il a depuis trois ans fini convenablement avec Delphine, il ne se mariera qu'à bonnes enseignes, et il peut épouser une fille noble, lui ! Le gars a eu le bon esprit de s'attacher à une femme riche.

— Mes amis, tenez-lui compte des circonstances atténuantes, dit Blondet, il est tombé dans les pattes d'un homme habile en sortant des griffes de la misère.

— Tu connais bien Nucingen, dit Bixiou, dans les premiers temps, Delphine et Rastignac le trouvaient *bon* ; une femme semblait être, pour lui, dans sa maison, un joujou, un ornement. Et voilà ce qui, pour moi, rend cet homme carré de base comme de hauteur : Nucingen ne se cache pas pour dire que sa femme est la représentation de sa fortune, *une chose* indispensable, mais secondaire dans la vie à haute pression des hommes politiques et des grands financiers. Il a dit, devant moi, que Bonaparte avait été bête comme un bourgeois dans ses premières relations avec Joséphine, et qu'après avoir eu le courage de la prendre comme un marchepied, il avait été ridicule en voulant faire d'elle une compagne.

— Tout homme supérieur doit avoir, sur les femmes, les opinions de l'Orient, dit Blondet.

— Le baron a fondu les doctrines orientales et occidentales en une charmante doctrine parisienne. Il avait en horreur de Marsay qui n'était pas maniable, mais Rastignac lui a plu beaucoup et il l'a exploité sans que Rastignac s'en doutât : il lui a laissé toutes les charges de son ménage. Rastignac a endossé tous les caprices de Delphine, il la menait au bois, il l'accompagnait au spectacle. Ce grand petit homme politique d'aujourd'hui a long-temps passé sa vie à lire et à écrire de jolis billets. Dans les commencements, Eugène était grondé pour des riens, il s'égayait avec Delphine quand elle était gaie, s'attristait quand elle était triste, il supportait le poids de ses migraines, de ses confidences, il lui donnait tout son temps, ses heures, sa précieuse jeunesse pour combler le vide de l'oisiveté de cette Parisienne. Delphine et lui tenaient de grands conseils sur les parures qui allaient le mieux, il essuyait le feu des colères et la bordée des boutades ; tandis que, par compensation, elle se faisait charmante pour le baron. Le baron riait à part lui ; puis, quand il voyait Rastignac pliant sous le poids de ses charges, il avait l'*air de soupçonner quelque chose*, et reliait les deux amants par une peur commune.

— Je conçois qu'une femme riche ait fait vivre et vivre honorablement Rastignac ; mais où a-t-il pris sa fortune, demanda Couture. Une fortune, aussi considérable que la sienne aujourd'hui, se prend quelque part, et personne ne l'a jamais accusé d'avoir inventé une bonne affaire ?

— Il a hérité, dit Finot.

— De qui ? dit Blondet.

— Des sots qu'il a rencontrés, reprit Couture.

Nucingen n'a certes pas lu la *Physiologie du mariage* où, dès 1829, Balzac analyse les causes du mal dont sont victimes les femmes mal mariées, et prodigue quelques conseils :

Combien d'orangs !... d'hommes, veux-je dire, se marient sans savoir ce qu'est une femme ! Combien de prédestinés ont procédé avec elles comme le singe de Cassan avec son violon ! Ils ont brisé le cœur qu'ils ne comprenaient pas, comme ils ont flétri et dédaigné le bijou dont le secret leur était inconnu. Enfants toute leur vie, ils s'en vont de la vie les mains vides, ayant végété, ayant parlé d'amour et de plaisir, de libertinage et de vertu, comme les esclaves parlent de la liberté. Presque tous se sont mariés dans l'ignorance la plus profonde et de la femme et de l'amour. Ils ont commencé par enfoncer la porte d'une maison étrangère et ils ont voulu être bien reçus au salon.

Mais l'artiste le plus vulgaire sait qu'il existe entre lui et son instrument (son instrument qui est de bois ou d'ivoire !) une sorte d'amitié indéfinissable. Il sait, par expérience, qu'il lui a fallu des années pour établir ce rapport mystérieux entre une matière inerte et lui. Il n'en a pas deviné du premier coup les ressources et les caprices, les défauts et les vertus. Son instrument ne devient une âme pour lui et n'est une source de mélodie qu'après de longues études ; ils ne parviennent à

Balzac, *Physiologie du mariage*, Méditation V, « Des Prédestinés », « Bibliothèque de la Pléiade », tome XI, p. 954-957.

se connaître comme deux amis qu'après les interrogations les plus savantes.

Est-ce en restant accroupi dans la vie, comme un séminariste dans sa cellule, qu'un homme peut apprendre la femme et savoir déchiffrer cet admirable solfège ? Est-ce un homme qui fait métier de penser pour les autres, de juger les autres, de gouverner les autres, de voler l'argent des autres, de nourrir, de guérir, de blesser les autres ? Est-ce tous nos prédestinés enfin, qui peuvent employer leur temps à étudier une femme ?

Ils vendent leur temps, comment le donneraient-ils au bonheur ? L'argent est leur dieu. L'on ne sert pas deux maîtres à la fois.

Aussi le monde est-il plein de jeunes femmes qui se traînent pâles et débiles, malades et souffrantes. Les unes sont la proie d'inflammations plus ou moins graves, les autres restent sous la cruelle domination d'attaques nerveuses plus ou moins violentes. Tous les maris de ces femmes-là sont des ignares et des prédestinés. Ils ont causé leur malheur avec le soin qu'un mari-artiste aurait mis à faire éclore les tardives et délicieuses fleurs du plaisir. Le temps qu'un ignorant passe à consommer sa ruine est précisément celui qu'un homme habile sait employer à l'éducation de son bonheur. [...]

Eugène, en revanche, semble avoir médité l'art de séduire en douceur, prodiguant ces « caresses d'âme » que Balzac, orfèvre en la matière, recommande à l'amant :

L'amour se passe presque toujours en conversations. Il n'y a qu'une seule chose d'inépuisable chez un amant, c'est la bonté, la grâce et la délicatesse. Tout sentir, tout deviner, tout prévenir ; faire des reproches sans affliger la tendresse ; désarmer un présent de tout orgueil ; doubler le prix d'un procédé par des formes ingénieuses ;

Ibid., Méditation XVII, « Bibliothèque de la Pléiade », tome XI, p. 1079-1080.

mettre la flatterie dans les actions et non en paroles ; se faire entendre plutôt que de saisir vivement ; toucher sans frapper ; mettre de la caresse dans les regards et jusque dans le son de la voix ; ne jamais embarrasser ; amuser sans offenser le goût ; toujours chatouiller le cœur ; parler à l'âme... Voilà tout ce que les femmes demandent ; elles abandonneront les bénéfices de toutes les nuits de Messaline pour vivre avec un être qui leur prodiguera ces caresses d'âme dont elles sont si friandes, et qui ne coûtent rien aux hommes, si ce n'est un peu d'attention.

Victorine devra se contenter des « caresses d'âme » à peine ponctuées d'un chaste baiser mais auréolées de beaucoup de rêveries. Elle est en cela sœur d'Eugénie Grandet et d'Augustine Guillaume venues au monde balzacien peu de temps avant elle[1].

Dans la pure et monotone vie des jeunes filles, il vient une heure délicieuse où le soleil épanche ses rayons dans l'âme, où la fleur leur exprime des pensées, où les palpitations du cœur communiquent au cerveau leur chaude fécondance, et fondent les idées en un vague désir ; jour d'innocente mélancolie et de suaves joyeusetés ! Quand les enfants commencent à voir, ils sourient ; quand une fille entrevoit le sentiment dans la nature, elle sourit comme elle souriait enfant. Si la lumière est le premier amour de la vie, l'amour n'est-il pas la lumière du cœur ? [...]

Le peintre qui cherche ici-bas un type à la céleste pureté de Marie, qui demande à toute la nature féminine ces yeux modestement fiers devinés par Raphaël, ces lignes vierges souvent dues aux hasards de la conception, mais qu'une vie

Balzac, *Eugénie Grandet*, « Bibliothèque de la Pléiade », tome III, p. 1073-1076.

---

1. *Eugénie Grandet* date de 1833, un an seulement avant *Le Père Goriot* et *La Maison du chat-qui-pelote* de 1830.

chrétienne et pudique peut seule conserver ou faire acquérir ; ce peintre, amoureux d'un si rare modèle, eût trouvé tout à coup dans le visage d'Eugénie la noblesse innée qui s'ignore ; il eût vu sous un front calme un monde d'amour ; et, dans la coupe des yeux, dans l'habitude des paupières, le je ne sais quoi divin. Ses traits, les contours de sa tête que l'expression du plaisir n'avait jamais ni altérés ni fatigués, ressemblaient aux lignes d'horizon si doucement tranchées dans le lointain des lacs tranquilles. Cette physionomie calme, colorée, bordée de lueur comme une jolie fleur éclose, reposait l'âme, communiquait le charme de la conscience qui s'y reflétait, et commandait le regard. Eugénie était encore sur la rive de la vie où fleurissent les illusions enfantines, où se cueillent les marguerites avec des délices plus tard inconnues.

Les événements de cette journée furent comme un songe qu'elle se plut à reproduire dans sa pensée. Elle s'initia aux craintes, aux espérances, aux remords, à toutes ces ondulations de sentiment qui devaient bercer un cœur simple et timide comme le sien. Quel vide elle reconnut dans cette noire maison, et quel trésor elle trouva dans son âme ! Être la femme d'un homme de talent, partager sa gloire ! Quels ravages cette idée ne devait-elle pas faire au cœur d'une enfant élevée au sein de cette famille ? Quelle espérance ne devait-elle pas éveiller chez une jeune personne qui, nourrie jusqu'alors de principes vulgaires, avait désiré une vie élégante ? Un rayon de soleil était tombé dans cette prison. Augustine aima tout à coup. En elle tant de sentiments étaient flattés à la fois, qu'elle succomba sans rien calculer. À dix-huit ans, l'amour ne jette-t-il pas son prisme entre le monde et .es yeux d'une jeune fille ? Incapable de deviner les rudes chocs qui résultent de l'alliance d'une

Balzac, *La Maison du Chat-qui-pelote*, « Bibliothèque de la Pléiade », tome I, p. 57.

femme aimante avec un homme d'imagination, elle crut être appelée à faire le bonheur de celui-ci, sans apercevoir aucune disparate entre elle et lui. Pour elle, le présent fut tout l'avenir.

La ligne de conduite de la réussite tracée par madame de Beauséant pour son jeune cousin Eugène préfigure celle d'Henriette de Mortsauf, l'héroïne du *Lys dans la vallée* (1835-1836) s'adressant à Félix de Vandenesse dans la lettre qui suit :

« J'arrive à la question grave, à votre conduite auprès des femmes. Dans les salons où vous irez, ayez pour principe de ne pas vous prodiguer en vous livrant au petit manège de la coquetterie. Un des hommes qui, dans l'autre siècle, eurent le plus de succès, avait l'habitude de ne jamais s'occuper que d'une seule personne dans la même soirée, et de s'attacher à celles qui paraissent négligées. Cet homme, cher enfant, a dominé son époque. Il avait sagement calculé que, dans un temps donné, son éloge serait obstinément fait par tout le monde. La plupart des jeunes gens perdent leur plus précieuse fortune, le temps nécessaire pour se créer des relations qui sont la moitié de la vie sociale ; comme ils plaisent par eux-mêmes, ils ont peu de choses à faire pour qu'on s'attache à leurs intérêts ; mais ce printemps est rapide, sachez le bien employer. Cultivez donc les femmes influentes. Les femmes influentes sont les vieilles femmes, elles vous apprendront les alliances, les secrets de toutes les familles, et les chemins de traverse qui peuvent vous mener rapidement au but. Elles seront à vous de cœur ; la protection est leur dernier amour quand elles ne sont pas dévotes ; elles vous serviront merveilleusement, elles vous prôneront et vous rendront désirable. Fuyez les jeunes femmes ! Ne croyez pas qu'il y ait le moindre intérêt personnel dans ce que je vous dis. La femme de cinquante ans fera

Balzac, *Le Lys dans la vallée*, « Bibliothèque de la Pléiade », tome IX, p. 1093-1094.

tout pour vous et la femme de vingt ans rien ; celle-ci veut toute votre vie, l'autre ne vous demandera qu'un moment, une attention. Raillez les jeunes femmes, prenez d'elles tout en plaisanterie, elles sont incapables d'avoir une pensée sérieuse. Les jeunes femmes, mon ami, sont égoïstes, petites, sans amitié vraie, elles n'aiment qu'elles, elles vous sacrifieraient à un succès. D'ailleurs, toutes veulent du dévouement, et votre situation exigera qu'on en ait pour vous, deux prétentions inconciliables. Aucune d'elles n'aura l'entente de vos intérêts, toutes penseront à elles et non à vous, toutes vous nuiront plus par leur vanité qu'elles ne vous serviront par leur attachement ; elles vous dévoreront sans scrupule votre temps, vous feront manquer votre fortune, vous détruiront de la meilleure grâce du monde. Si vous vous plaignez, la plus sotte d'entre elles vous prouvera que son gant vaut le monde, que rien n'est plus glorieux que de la servir. Toutes vous diront qu'elles donnent le bonheur, et vous feront oublier vos belles destinées : leur bonheur est variable, votre grandeur sera certaine. »

Le velléitaire Frédéric Moreau est à bien des égards le « négatif » de Rastignac. Lors de l'enterrement de monsieur Dambreuse au Père-Lachaise, il admire passivement le paysage depuis le sommet de ce jardin des morts (dont la description rappelle celle de Balzac dans *Ferragus*).

Le corbillard, orné de draperies pendantes et de hauts plumets, s'achemina vers le Père-Lachaise, tiré par quatre chevaux noirs ayant des tresses dans la crinière, des panaches sur la tête, et qu'enveloppaient jusqu'aux sabots de larges caparaçons brodés d'argent. Le cocher, en bottes à l'écuyère, portait un chapeau à trois cornes avec un long crêpe retombant. Les cordons étaient tenus par quatre personnages : un

G. Flaubert, *L'Éducation sentimentale*, Folio, nº 147, p. 412-413.

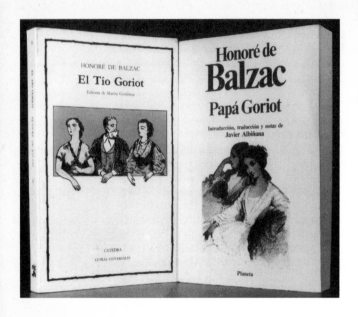

Couvertures d'éditions du *Père Goriot* en traductions. Maison de Balzac, Paris.
Photo Jean-Loup Charmet.

questeur de la Chambre des députés, un membre du Conseil général de l'Aube, un délégué des houilles, — et Fumichon, comme ami. La calèche du défunt et douze voitures de deuil suivaient. Les conviés, par-derrière, emplissaient le milieu du boulevard. [...]

Les tombes se levaient au milieu des arbres, colonnes brisées, pyramides, temples, dolmens, obélisques, caveaux étrusques à porte de bronze. On apercevait dans quelques-uns des espèces de boudoirs funèbres, avec des fauteuils rustiques et des pliants. Des toiles d'araignée pendaient comme des haillons aux chaînettes des urnes ; et de la poussière couvrait les bouquets de rubans de satin et les crucifix. Partout, entre les balustres, sur les tombeaux, des couronnes d'immortelles et des chandeliers, des vases, des fleurs, des disques noirs rehaussés de lettres d'or, des statuettes de plâtre : petits garçons et petites demoiselles ou petits anges tenus en l'air par un fil de laiton : plusieurs même ont un toit de zinc sur la tête. D'énormes câbles en verre filé, noir, blanc et azur, descendent du haut des stèles jusqu'au pied des dalles, avec de longs replis, comme des boas. Le soleil, frappant dessus, les faisait scintiller entre les croix de bois noir ; — et le corbillard s'avançait dans les grands chemins, qui sont pavés comme les rues d'une ville. De temps à autre, les essieux claquaient. Des femmes à genoux, la robe traînant dans l'herbe, parlaient doucement aux morts. Des fumignons blanchâtres sortaient de la verdure des ifs. C'étaient des offrandes abandonnées, des débris que l'on brûlait.

La fosse de M. Dambreuse était dans le voisinage de Manuel et de Benjamin Constant. Le terrain dévale, en cet endroit, par une pente abrupte. On a sous les pieds des sommets d'arbres verts ; plus loin, des cheminées de pompes à feu, puis toute la grande ville.

Frédéric put admirer le paysage pendant qu'on prononçait les discours.

Le redoutable Saccard-saccageur de *La Curée* lance à l'instar de Rastignac un défi à ce Paris qu'il veut conquérir pour le détruire.

— Oh ! vois, dit Saccard, avec un rire d'enfant, il pleut des pièces de vingt francs dans Paris !

Angèle se mit à rire à son tour, en accusant ces pièces-là de n'être pas faciles à ramasser. Mais son mari s'était levé, et, s'accoudant sur la rampe de la fenêtre :

— C'est la colonne Vendôme, n'est-ce pas, qui brille là-bas ?... Ici, plus à droite, voilà la Madeleine... Un beau quartier, où il y a beaucoup à faire... Ah ! cette fois, tout va brûler ! Vois-tu ?... On dirait que le quartier bout dans l'alambic de quelque chimiste.

Sa voix demeurait grave et émue. La comparaison qu'il avait trouvée parut le frapper beaucoup. Il avait bu du bourgogne, il s'oublia, il continua, étendant le bras pour montrer Paris à Angèle, qui s'était également accoudée à son côté :

— Oui, oui, j'ai bien dit, plus d'un quartier va fondre, et il restera de l'or aux doigts des gens qui chaufferont et remueront la cuve. Ce grand innocent de Paris ! vois donc comme il est immense et comme il s'endort doucement ! C'est bête, ces grandes villes ! Il ne se doute guère de l'armée de pioches qui l'attaquera un de ces beaux matins, et certains hôtels de la rue d'Anjou ne reluiraient pas si fort sous le soleil couchant, s'ils savaient qu'ils n'ont plus que trois ou quatre ans à vivre.

Angèle croyait que son mari plaisantait. Il avait parfois le goût de la plaisanterie colossale et inquiétante. Elle riait, mais avec un vague effroi, de voir ce petit homme se dresser au-dessus du géant couché à ses pieds, et lui montrer le poing, en pinçant ironiquement les lèvres.

Émile Zola, *La Curée*, Folio, n° 1322, p. 112-113.

— On a déjà commencé, continua-t-il. Mais ce n'est qu'une misère. Regarde là-bas, du côté des Halles, on a coupé Paris en quatre...

Et de sa main étendue, ouverte et tranchante comme un coutelas, il fit signe de séparer la ville en quatre parts.

Dostoïevski écrivant *Crime et Châtiment* a-t-il été influencé par *Le Père Goriot* qu'il admirait pour créer, à partir de *Rastignac*, le personnage de *Raskolnikov* ?

Dostoïevski, qui a lu dès seize ans une traduction abrégée du *Père Goriot*, a songé surtout à Rastignac. Des slavisants ont beau nous assurer que le héros de *Crime et Châtiment* emprunte son nom aux Vieux-Croyants (en russe *raskolniki*, schismatiques), on ne peut s'empêcher de percevoir en *Raskolnikov* comme un écho de *Rastignac*. De toute façon, la vie de l'étudiant pétersbourgeois s'inspire à l'évidence de celle de l'étudiant parisien : mêmes problèmes d'argent, même abandon du travail livresque (quoique pour d'autres raisons), même arrivée des subsides. Dans *Crime et Châtiment* aussi, une mère et une tendre sœur provinciales mettent tout leur espoir dans le grand fils et frère, se saignent aux quatre veines pour lui. Mais ce qui a retenti surtout de l'œuvre balzacienne dans l'imagination du romancier russe, c'est la demi-page où Rastignac propose à son ami le cas de conscience : peut-on presser le bouton qui tuera un mandarin au fond de la Chine, lorsqu'on est jeune et lorsque cette mort est la condition pour vivre ? Bianchon, dans sa discussion avec Rastignac, conclut à laisser la vie sauve au mandarin, fût-il laid et vieux. Dostoïevski, nous apprend A. C. Taylor, un an avant sa mort, lors de l'inauguration de la statue de Pouchkine à Moscou, citait encore, de mémoire, ce passage fameux. Il a mis un dialogue sem-

Introduction de Rose Fortassier au tome III de l'édition de la « Bibliothèque de la Pléiade », p. 35.

225

blable dans la bouche d'un officier et d'un étudiant anonymes attablés dans une taverne, et qui
raisonnent dans le vide. Mais ce dialogue ne
laisse pas pour autant d'être dramatique, puisqu'il trouve un auditeur attentif en Raskolnikov,
qui se demande encore si, pour survivre, il assas-
sinera une vieille et horrible usurière, — Raskolnikov, à qui tout paraît alors prémonitoire, et qu'aucune voix amicale ne peut remettre dans le droit
chemin.

IV. SENTIERS ET CHEMINS DE LA CRÉATION

A. LE DEVENIR DES PERSONNAGES

Le père Goriot meurt, victime expiatoire, *centre douloureux* du roman cependant qu'à la périphérie vivent et s'agitent les personnages qui ont participé à sa « passion[1] ». Chacun va son chemin dans *La Comédie humaine*. Celui de Rastignac le mènera loin, jusqu'à ce *centre glorieux* entrevu à la fin du *Père Goriot*, aux lumières de la ville qui commencent à briller d'un éclat fascinateur.

Pierre Citron et Anne-Marie Meininger ont établi un *Index des personnages fictifs de* La Comédie humaine (au tome XII de l'édition de la Pléiade) qui permet de suivre le destin des différents personnages dans les différents romans ou nouvelles. À titre d'exemple, voici quelques extraits de la « biographie » de Rastignac ; rappelons que l'action du *Père Goriot* est censée se dérouler à partir de 1819.

1820. Il [Rastignac] ne croit à aucune vertu, et décide de jouer le monde, armé de pied en cap par l'Égoïsme *(Maison Nucingen)* ; il plaît à Nucingen qui l'exploite en lui laissant toutes les charges de son ménage. [...]

1824. Rencontre au bal de l'Opéra avec le masque qui protège Rubempré : les ordres impératifs qu'il en reçoit *(Splendeurs et misères des courtisanes)* ; le masque (J. Collin) lui exprime sa satisfaction d'avoir été si vite obéi. [...] À la fin de l'année, le comte de Fontaine le propose comme mari à sa fille Émilie qui le refuse, Mme de Nucin-

Extrait de l'*Index des personnages fictifs de* La Comédie humaine, « Bibliothèque de la Pléiade », tome XII, p. 1498-1500.

---

1. Au sens christique de « souffrance ».

gen ayant fait de lui un banquier (Le Bal de Sceaux). [...]

1827. Agent en partie inconscient de la troisième liquidation Nucingen ; collaborateur conjugal du financier qui lui fait jouer le rôle de compère, sans lui confier entièrement son plan (Maison Nucingen). [...]

1828. Bilan avec Bianchon ; en huit ans, le plus clair de ce qu'il a gagné est d'avoir marié ses sœurs ; il a vingt mille livres de rentes ; Nucingen l'a roué ; il a de l'ambition ; Delphine a trente-six ans et ne peut le mener nulle part ; contrairement à la marquise d'Espard ; « une femme du monde mène à tout, elle est le diamant avec lequel un homme coupe toutes les vitres » (L'Interdiction). [...]

1833. Est sur le point d'épouser la fille unique des Nucingen (Une fille d'Ève). [...] Rompt avec Delphine (Maison Nucingen). Sous-secrétaire d'État (Une fille d'Ève). A cette fonction dans le ministère de Marsay (Une ténébreuse affaire). Elle constitue son début dans la politique (Le Député d'Arcis). Ami de Marsay (Les Secrets de la princesse de Cadignan). [...]

1838. [...] Épouse Augusta de Nucingen (Le Député d'Arcis). Son mariage (préface de Pierrette).

1839. Son ascension vertigineuse ; comte presque malgré lui, ministre pour la seconde fois, un frère évêque, un beau-frère ambassadeur (Le Député d'Arcis). [...]

1841. Une future promotion de son beau-frère La Roche-Hugon donne l'occasion de le citer dans un fait-Paris (La Cousine Bette). [...]

1842. Son influence (Les Méfaits d'un procureur du Roi). [...]

La carrière de Vautrin est encore plus étonnante qui mène l'ancien bagnard Jacques Collin à la tête

de la Sûreté à la fin de *Splendeurs et misères des courtisanes* ; on pourra la suivre dans le même *Index*. Nous préférons donner ici une autre de ses métamorphoses, celle où Balzac en fait le héros d'une pièce de théâtre représentée en 1840 et interdite dès la... première représentation. Raoul est une autre figure de Rastignac.

VAUTRIN, *seul.*

Il suffit, pour les mener, de leur faire croire qu'ils ont de l'honneur et un avenir. Ils n'ont pas d'avenir ! que deviendront-ils ? Bah ! si les généraux prenaient leurs soldats au sérieux, on ne tirerait pas un coup de canon !

Après douze ans de travaux souterrains, dans quelques jours j'aurai conquis à Raoul une position souveraine : il faudra la lui assurer. Lafouraille et Philosophe me seront nécessaires dans le pays où je vais lui donner une famille. Ah ! cet amour a détruit la vie que je lui arrangeais. Je le voulais glorieux par lui-même, domptant, pour mon compte et par mes conseils, ce monde où il m'est interdit de rentrer. Raoul n'est pas seulement le fils de mon esprit et de mon fiel, il est ma vengeance. Mes drôles ne peuvent pas comprendre ces sentiments ; ils sont heureux ; ils ne sont pas tombés, eux ! ils sont nés de plain-pied avec le crime ; mais moi, j'avais tenté de m'élever, et si l'homme peut se relever aux yeux de Dieu, jamais il ne se relève aux yeux du monde. On nous demande de nous repentir, et l'on nous refuse le pardon. Les hommes ont entre eux l'instinct des bêtes sauvages : une fois blessés, ils ne reviennent plus, et ils ont raison. D'ailleurs, réclamer la protection du monde quand on en a foulé toutes les lois aux pieds, c'est vouloir revenir sous un toit qu'on a ébranlé et qui vous écraserait.

Avais-je assez poli, caressé le magnifique instrument de ma domination ! Raoul était coura-

Balzac, *Vautrin*, acte III, scène 4, *Œuvres complètes de Balzac*, Les bibliophiles de l'originale, Paris, 1969, tome XXII, p. 201-202.

geux, il se serait fait tuer comme un sot ; il a fallu le rendre froid, positif, lui enlever une à une ses belles illusions et lui passer le suaire de l'expérience ! le rendre défiant et rusé comme... un vieil escompteur, tout en l'empêchant de savoir qui j'étais. Et l'amour brise aujourd'hui cet immense échafaudage. Il devait être grand, il ne sera plus qu'heureux. J'irai donc vivre dans un coin, au soleil de sa prospérité : son bonheur sera mon ouvrage. Voilà deux jours que je me demande s'il ne vaudrait pas mieux que la princesse d'Arjos mourût d'une petite fièvre... cérébrale. C'est inconcevable, tout ce que les femmes détruisent !

Rastignac, Vautrin : ce sont là deux exemples privilégiés. Il en est d'autres. Le lecteur curieux de destinées balzaciennes peut se reporter à ce précieux *Index des personnages fictifs* auquel nous venons de nous référer. Il y retrouvera Nucingen continuant d'emprunter les voies tortueuses et obscures qui en font un « Jacques Collin légal » dans le monde des écus, l'honnête Bianchon devenu le plus grand médecin de *La Comédie humaine*. Il y verra Delphine enfin reçue dans le grand monde et... belle-mère de Rastignac après le mariage de ce dernier, en 1838, avec sa fille Augusta ! Madame de Restaud comprendra enfin l'indignité de Maxime de Trailles le trop aimé et expiera cher ses fautes passées, tandis que la vertueuse Victorine Taillefer deviendra l'une des plus riches héritières de Paris... Ainsi va le monde de Balzac.

B. LE DEVENIR DU ROMAN

Dès 1835, après la publication du *Père Goriot* en volume, de nombreux articles de presse donnent un jugement sur l'œuvre. Ils permettent, lus à dis-

tance, de mieux situer le roman dans un contexte critique, au total assez nuancé.

Doit-on conclure de tous ces articles que *Le Père Goriot* fut une œuvre incomprise du public ? Ou faut-il croire Balzac qui écrit à Mme Hanska que « ces stupides Parisiens raffolent » du *Père Goriot* : « Voici *Le Père Goriot* mis au-dessus de tout. » Simple vanité d'auteur ou réalité ? Si nous regardons la critique elle-même, quand elle veut bien être juste et impartiale, nous trouvons des notations qui attestent du succès de Balzac : « Peu d'amateurs commenceront la lecture de ce livre sans se sentir entraînés par l'élégance et la force du style et obligés de l'achever immédiatement. » Tout, finalement, consiste dans la manière de le dire. Souvent placées en début d'article, ces notations semblent un sacrifice fait au goût du public, vite contrées par le nombre et l'importance des griefs. Si elles figurent dans la conclusion, elles sont écrites du bout de la plume, avec une pointe de mépris, masquant surtout une certaine envie. La critique, en réalité, a dû se rendre aux désirs du public : « Ses défauts plaisent aujourd'hui, ou plutôt il plaît malgré ses défauts qui sont l'enflure et la recherche. » *In cauda venenum !* Ah ! Il n'est pas facile de reconnaître le succès de celui que l'on a toujours combattu.

« À quoi tient donc l'immense succès du *Père Goriot* ? À quelle cause attribuer sa popularité subite ? À la grande renommée de son auteur et au rare talent dont il a donné dans cet ouvrage même d'incontestables preuves. Désormais, la position de M. de Balzac, comme romancier, est prise et bien prise : il l'a glorieusement emporté à la tête d'un état-major composé de plusieurs chefs-d'œuvre et d'une multitude de productions remarquables lui servant de corps d'armée. De nos jours, pour s'emparer de l'opinion publique,

Nicole Billot, « *Le Père Goriot* devant la critique (1835) », *Année balzacienne*, 1987, p. 127-129.

pour se l'assujettir comme tributaire, il faut frapper juste, frapper fort et frapper souvent. M. de Balzac réunit toutes ces conditions » (*Le Courrier français*, 13 avril 1835).

Le succès est assuré auprès du public, mais bien précaire dans la presse. Nombreux sont les journaux ou revues qui n'écrivent pas une ligne favorable au romancier, tel *Le Journal des débats*. Jules Janin, mais aussi ses confrères du *Constitutionnel* ou du *Corsaire*, par exemple, laissent éclater une antipathie nuisible à un jugement sain. Le bilan est malgré tout relativement positif : « *Le Père Goriot* est un étourdissant succès ; les plus acharnés ennemis ont plié le genou. J'ai triomphé de tout, des amis comme des envieux » (lettre à madame Hanska, 26 janvier 1835).

Restons modeste, sinon comment comprendre les plaidoyers des deux préfaces de mars et de mai 1835 ? Mais il est déjà remarquable de rencontrer des appréciations positives. Sur l'ensemble de la critique consacrée au *Père Goriot*, plus des deux tiers sont des louanges. Or les arguments utilisés, les comparaisons employées, les mots choisis par les journalistes formeront une constante dans la critique balzacienne : on parlera toujours de ses talents de peintre et d'observateur en le comparant aux artistes flamands, de son exagération, du déséquilibre de ses romans, de son immoralité, de sa prédilection pour des personnages douteux. Mais, et c'est sur ce point que nous voudrions finir, ces caractéristiques iront toujours de pair avec un grand succès populaire dont la presse est obligée de se faire l'écho. L'accueil du public fut absolument admirable et assura le succès des deux pièces tirées du roman.

« Un plus sûr thermomètre du succès remporté par M. de Balzac, c'est la violence des irritabilités envieuses qui se déchaînent contre lui. Il doit être fier de ce redoublement d'attaque : c'est le complément d'un triomphe » (*L'Impartial*, 8 mars 1835).

Peu importent en effet les griefs retenus contre *Le Père Goriot*. Ils s'éclaireront par la suite. La critique, contrairement à l'œuvre, est un phénomène d'actualité, qui laisse peu de traces : « On l'a lu, on le lit, ou on le lira, voilà en quelques mots l'éloge que les critiques les mieux fondées ne l'empêcheront pas de mériter. » *Le Père Goriot* passera désormais des jours heureux. La presse se contentera de signaler la parution des œuvres complètes de Balzac, sans accompagner sa publicité d'un quelconque commentaire. Il faudra attendre encore longtemps avant de lire des éditions critiques. Les attaques dont le roman fut l'objet relevaient plus d'une actualité brûlante que de jugements sérieux.

De cette revue de presse, nous pouvons retenir deux conclusions principales : *Le Père Goriot* marque une étape dans l'attitude plutôt conciliante jusqu'alors des journalistes contemporains ; désormais, ils ne cesseront de reprendre et de développer les observations négatives déjà en germe à propos de l'ouvrage de 1835. La fécondité, la verve, le succès de Balzac les ennuient. Les thèmes de prédilection que nous avons évoqués ici se retrouveront sous la plume des critiques : Balzac sera le plagiaire de Sainte-Beuve dans *Le Lys dans la vallée*, le romancier de la corruption dans *La Vieille Fille* ou dans *Splendeurs et misères des courtisanes*, un faux témoin du monde dans *Illusions perdues*. Toutefois, l'image de l'auteur, loin d'être ternie par ces atteintes successives, sortira grandie de cette suite d'épreuves.

Mais *Le Père Goriot* est aussi et restera une œuvre majeure de l'auteur de *La Comédie humaine*, pour ne pas dire l'œuvre principale : plus qu'ailleurs sont présents les principes de ce que

Balzac expliquera dans *L'Avant-propos* de 1842. Le roman sert de référence pour bien des personnages de l'univers balzacien. Enfin, il connaîtra l'un des plus beaux hommages qui soit, puisqu'il inspirera le Victor Hugo des *Misérables*. Jean Valjean, associant le sentiment paternel de Goriot et la philosophie de Vautrin, unira la tonalité balzacienne aux élans shakespeariens. Que sont les cris et les ricanements de la critique face à une telle postérité ?

Tout personnage du *Père Goriot* est en proie, semble-t-il, au vertige du dédoublement. « C'est le triomphe du duel, du binaire », auquel la critique d'aujourd'hui est particulièrement sensible.

Double, le personnage l'est selon deux modes de création opposés et complémentaires. Rappelons d'abord le « doublage », bien connu, par dichotomie ou selon le jeu des ressemblances, complémentarités ou oppositions : deux frères, deux sœurs Rastignac ; deux maris se reposant tous les deux sur un *patito* de la corvée conjugale ; deux dandys abandonnant leur maîtresse ; deux filles Goriot, la brune et la blonde, l'une qui aime l'aristocratie, l'autre qui préfère la banque, l'une qui entretient son amant, l'autre qui en reçoit de l'argent, toutes deux enfin ruinées le même jour.

Des situations semblables regroupent constamment par deux tous les personnages du *Père Goriot* : deux parents, Goriot et Mme de Rastignac, l'un tordant sa soupière pour en faire un lingot, l'autre tordant, métaphoriquement, ses bijoux. D'où il s'ensuit une parité entre Rastignac et Anastasie de Restaud, fils et fille qui saignent leurs parents ; deux amies abandonnées, Mme de Beauséant et Mme de Langeais, avec le redoublement des deux filles Goriot abandonnées. Cependant que n'importe laquelle des deux « fait la paire » avec Victorine, d'un côté une fille trop

Rose Fortassier, « Balzac et le démon du double dans *Le Père Goriot* », *Année balzacienne*, 1986, p. 157-158.

aimée par un père qui lui est devenu indifférent, de l'autre une fille détestée par un père qu'elle continue à aimer. Et il n'est pas jusqu'à une morte, la mère de Victorine, qui ne forme couple avec Delphine, toutes deux victimes d'un contrat mal fait.

En somme n'importe qui, dans ce roman, peut faire couple avec quelqu'un d'autre, son semblable, son contraire, son second, son symétrique. Doubles paradoxaux et qui s'ignorent parfois, comme Vautrin et Goriot se rencontrant dans leur même affection paternelle pour leur « ange » Rastignac, ou Vautrin et Mme de Beauséant prêchant la même politique. Des systèmes binaires ordonnent constamment objets, sentiments ou personnages. Ainsi se fait la répartition des pensionnaires d'abord en fonction des « deux âges de la vie », en jeunes et en vieux ; puis en fonction du dedans et du dehors, en internes et externes. Ces deux dernières catégories établissent aussi le clivage entre les lecteurs parisiens — *intra muros* — et les provinciaux, qui ne comprendront peut-être pas la dramatique histoire de Goriot.

Plus intéressant est le second mode de duplication : d'extérieur, le double devient intérieur. On a reconnu l'*homo duplex* « composé de deux principes différents par leur nature, et contraires par leur action », autrement dit principe spirituel et principe animal ; *moi* intérieur et *moi* extérieur swedenborgiens ; « beau moi »... et moins beau moi. À cette dualité religieuse et morale, Balzac a donné, on le sait, une connotation quasi médicale en parlant d'« être *actionnel* et *réactionnel* » dans ses analyses de *Louis Lambert*, œuvre à laquelle il retravaille l'année du *Père Goriot*. Aussi passe-t-il quelque chose du roman philosophique dans le roman parisien. Ce double mouvement est noté par deux fois, à propos de « la réaction des sentiments contraires » qui rend Goriot malade, et du « centre inconnu d'où partent et où s'adressent nos sympathies », où se concentrent les sentiments du mourant ; et il est illustré par le fulgurant acte de volonté grâce auquel Jacques Collin en face des gendarmes, prêt à exploser comme une chaudière, se calme en un instant. Enfin la notation la plus intéressante concerne Rastignac, le bien-doué, dont le romancier dit qu'il possède « des sens doubles », chacun d'eux ayant « cette flexibilité d'aller et de retour qui nous émerveille chez les gens supérieurs ».

Formulation moins médicale ou philosophique de ce dualisme, la double nature ou personnalité de tout être humain s'exprime dans un système binaire : cœur et sens — corps et pensée — sentiment et pensée — tête et corps, voire cœur et estomac. Cette dualité relève de la tératologie lorsque Goriot décrit Nucingen comme « une tête de veau sur un corps de porc ». Elle trouve son expression comique, encore que macabre, dans l'argot des bagnards distinguant la *sorbonne*, qui pense, de la *tronche*, qui tombera dans le panier de Samson. Et son expression tragique dans le cri de Goriot : « Coupez-moi la tête, laissez-moi seulement le cœur. » Car — toujours le double — toute idée trouve toujours dans *La Comédie humaine* sa double formulation, comique et tragique.

Le devenir du roman, c'est aussi sa fortune à l'étranger. Une récente exposition sur *Balzac et l'Europe* à la Maison de Balzac a permis d'en mesurer l'ampleur pour notre seul continent[1]. *Le Père Goriot* est l'un des romans les plus souvent traduits en œuvre séparée. Quelques exemples :

Dès 1835 il fait l'objet de deux traductions simultanées, en *Italie* et aux *Pays-Bas* où il

1. Sur ce sujet, voir *Le Courrier balzacien*, n° 44, 3e trimestre 1991, p. 47-55.

Balzac par Rodin. Photo © Bulloz.

demeure, au xxᵉ siècle, l'un des ouvrages les plus lus (au moins six traductions depuis 1910).

En *Espagne*, *Le Père Goriot* est la première œuvre traduite (en 1838) et son succès ne s'est pas démenti puisqu'il n'existe pas moins de vingt-trois traductions à ce jour.

En *Grèce* : quatre éditions au xxᵉ siècle (en 1925, 1977, 1979, 1984). En *Hongrie*, quinze éditions entre 1904 et 1979. En *Roumanie*, *Le Père Goriot* figure aussi parmi les œuvres les plus traduites depuis 1909 et la *Russie* remporte la palme des tirages avec plus de trois cent mille exemplaires durant ces dix dernières années. La Russie où Balzac demeure, depuis les années 1830-1840, l'un des écrivains français les plus lus.

« En Russie, ils ne connaissent que Balzac », écrivait déjà non sans amertume le marquis de Custine dans *La Russie en 1839* !

Splendeurs aux misères conjuguées, l'enfer des traductions est parfois pavé de bonnes intentions douteuses, témoin ces « réserves » de la première traduction canadienne du *Père Goriot*. Faite dès 1835 d'après le texte de la *Revue de Paris (RP)*, elle a paru en feuilleton dans un journal de Montréal intitulé *L'Ami du peuple, de l'ordre et des lois (APOL)* !

En dehors des nombreuses coquilles inévitables et de quelques titres retirés comme « L'entrée dans le monde » (*Revue de Paris*, t. 12, p. 237), le texte est méticuleusement... censuré. Non seulement des pages complètes de la *Revue de Paris* ont disparu mais aussi, souvent, un mot a été changé quand ce n'est pas un point d'exclamation dont la raideur psychologique s'est assouplie en interrogation, jetant le doute sur la réaction de Rastignac : « La dot vous rendra blanc comme une robe de mariée, et à vos propres yeux ? » (*APOL*, 14 octobre 1835).

Patrick Imbert, « *Le Père Goriot* et la censure au Canada », *Année balzacienne*, 1986, p. 238 et suiv.

La censure porte d'abord sur tout ce qui semble irrévérencieux envers la religion, l'Église ou le dogme :

« Ah bah ! ils sont tous sortis. Madame Couture et sa jeune personne ont été manger le bon Dieu à Saint-Étienne dès huit heures » (*RP*, t. 12, p. 8).

« Ah bah ! Ils sont tous sortis. Madame Couture et sa jeune personne ont été à Saint-Étienne dès huit heures » (*APOL*, samedi 5 septembre 1835).

« On y fait les péchés dont on s'accuse dans l'autre » (*RP*, t. 12, p. 257 ; *APOL*, mercredi 9 septembre 1835 : censuré).

« Il remettrait Jésus-Christ en croix si je le lui disais » (*RP*, t. 12, p. 257 ; *APOL*, mercredi 9 septembre 1835 : censuré).

« Moi, moi qui vendrais le Père, le Fils et le Saint Esprit pour leur éviter une larme à toutes deux ! » (*RP*, t. 12, p. 292).

« Moi, moi qui vendrait [sic] mon dernier habit pour leur éviter une larme à toutes deux ! » (*APOL*, mercredi 7 octobre 1835).

« Il n'y a peut-être que ceux qui croient en Dieu qui font le bien en secret, et Eugène croyait encore en Dieu » (*RP*, t. 12, p. 292 ; *APOL*, mercredi 7 octobre 1835 : censuré).

« L'amour et l'Église veulent de belles nappes sur leurs autels » (*RP*, t. 13, p. 135 ; *APOL*, samedi 10 octobre 1835 : censuré).

« Les deux prêtres, l'enfant de chœur et le bedeau vinrent et donnèrent tout ce qu'on peut avoir pour soixante-dix francs, dans une époque où la religion n'est pas assez riche pour prier *gratis*. Les gens du clergé chantèrent un psaume, le *Libera*, le *De profundis*. Le service dura vingt minutes » (*RP*, t. 14, p. 66).

« Les deux prêtres, l'enfant de chœur et le bedeau vinrent et les gens du clergé chantèrent un psaume, le *Libera*, le *De Profundis*. Le service dura vingt minutes » (*APOL*, 16 janvier 1836).

Même si Balzac, dans le passage où on souligne les difficultés financières de l'Église, critique en partie le régime politique et souhaite une Église qui ne serait pas dépendante de ces contingences, le texte est éliminé car il contient aussi un jugement négatif face à l'Église. Outre cela, tous les « blasphèmes » et les liens « licencieux » entre jouissance et religion disparaissent. [...]

L'autre aspect du *Père Goriot* considérablement censuré concerne Rastignac. Ses doutes, son glissement progressif vers la licence, ses compromissions grandissantes et surtout sa révolte sont atténués le plus possible. Des pages et des pages disparaissent donc. [...]

Ainsi Rastignac est transformé en personnage beaucoup moins problématique, c'est-à-dire plutôt moral ou bon, mais subissant l'influence néfaste d'un être complètement pervers. *Le Père Goriot* se transforme donc insensiblement en roman d'aventure, seul type de roman véritablement admis au Canada-français à l'époque. En effet, ce roman d'aventure évite le réalisme critique du roman d'éducation. Il joue à fond (même si au niveau symbolique on peut y déceler une angoisse sociale intense) d'un manichéisme connu où les bons triomphent ou, mieux encore, se résignent, et où les mauvais sont punis. L'adoucissement du caractère de Rastignac et de sa formation accélérée à la vérité d'une société en constantes mutations a pour corollaire obligé le maintien de tous les traits pervers de Vautrin ainsi que l'exposition complaisante de toutes les caractéristiques prouvant que la France est une France laïque, immorale et corrompue. Elle n'est plus la fille bénie de Dieu mais la fille déchue de la révolution. Elle n'est plus la mère patrie mais la marâtre, le repoussoir, ainsi que les États-Unis dont parle Vautrin, et qui sont vus dans l'idéologie canadienne-française du temps comme le « melting-pot » matérialiste, athée et maçonnique où les Canadiens-français perdent leur tradition, leur religion, leur culture et souvent leur vie.

Dès lors, on ne s'étonne plus que les vingt dernières lignes du *Père Goriot* aient été censurées. Dans l'*APOL*, *Le Père Goriot* se termine par les lignes suivantes : « Ce fait si léger en lui-même détermina chez Rastignac un accès d'horrible tristesse » (*APOL*, 16 janvier 1836).

La résignation chrétienne, la soumission à l'ordre, à la Providence et donc à la hiérarchie cléricale et politique, elle-même bientôt complètement soumise au clergé, est la voie du salut.

La distinction proustienne entre « littérature de notations » et « art véritable » est éclairante pour une relecture du *Père Goriot*. Balzac est bien loin d'un réalisme réducteur, de ce « double emploi si ennuyeux et si vain de ce que nos yeux voient ».

Comment la littérature de notations aurait-elle une valeur quelconque, puisque c'est sous de petites choses comme celles qu'elle note que la réalité est contenue (la grandeur dans le bruit lointain d'un aéroplane, dans la ligne du clocher de Saint-Hilaire, le passé dans la saveur d'une madeleine, etc.) et qu'elles sont sans signification par elles-mêmes si on ne l'en dégage pas ? Peu à peu, conservée par la mémoire, c'est la chaîne de toutes ces expressions inexactes où ne reste rien de ce que nous avons réellement éprouvé, qui constitue pour nous notre pensée, notre vie, la réalité, et c'est ce mensonge-là que ne ferait que reproduire un art soi-disant « vécu », simple comme la vie, sans beauté, double emploi si ennuyeux et si vain de ce que nos yeux voient et de ce que notre intelligence constate qu'on se

Proust, *À la recherche du temps perdu*, *Le Temps retrouvé*, Folio, n° 2203, p. 201-202.

demande où celui qui s'y livre trouve l'étincelle joyeuse et motrice, capable de le mettre en train et de le faire avancer dans sa besogne. La grandeur de l'art véritable, au contraire, de celui que M. de Norpois eût appelé un jeu de dilettante, c'était de retrouver, de ressaisir, de nous faire connaître cette réalité loin de laquelle nous vivons, de laquelle nous nous écartons de plus en plus au fur et à mesure que prend plus d'épaisseur et d'imperméabilité la connaissance conventionnelle que nous lui substituons, cette réalité que nous risquerions fort de mourir sans avoir connue, et qui est tout simplement notre vie. La vraie vie, la vie enfin découverte et éclaircie, la seule vie par conséquent réellement vécue, c'est la littérature ; cette vie qui, en un sens, habite à chaque instant chez tous les hommes aussi bien que chez l'artiste. Mais ils ne la voient pas, parce qu'ils ne cherchent pas à l'éclaircir. Et ainsi leur passé est encombré d'innombrables clichés qui restent inutiles parce que l'intelligence ne les a pas « développés ». Notre vie, et aussi la vie des autres ; car le style pour l'écrivain, aussi bien que la couleur pour le peintre, est une question non de technique mais de vision. Il est la révélation, qui serait impossible par des moyens directs et conscients, de la différence qualitative qu'il y a dans la façon dont nous apparaît le monde, différence qui, s'il n'y avait pas l'art, resterait le secret éternel de chacun. Par l'art seulement nous pouvons sortir de nous, savoir ce que voit un autre de cet univers qui n'est pas le même que le nôtre, et dont les paysages nous seraient restés aussi inconnus que ceux qu'il peut y avoir dans la lune. Grâce à l'art, au lieu de voir un seul monde, le nôtre, nous le voyons se multiplier et, autant qu'il y a d'artistes originaux, autant nous avons de mondes à notre disposition, plus différents les uns des autres que ceux qui roulent dans l'infini et, bien des siècles après qu'est éteint le foyer dont il émanait, qu'il s'appelât Rembrandt ou Ver Meer, nous envoient encore leur rayon spécial.

V. BIBLIOGRAPHIE

ŒUVRES DE BALZAC

PRINCIPALES ÉDITIONS DU PÈRE GORIOT

Le Père Goriot, Garnier, 1963. Introduction très substantielle, notes, choix de variantes, appendice critique de P.-G. Castex.

Le Père Goriot, Garnier-Flammarion, 1966. Chronologie et préface de Pierre Citron.

Le Père Goriot, Gallimard, Folio, 1971, n° 784. Préface de Félicien Marceau. Notice et notes de Thierry Bodin.

Le Père Goriot, Gallimard, « Bibliothèque de la Pléiade », vol. III, 1976. Texte présenté établi et annoté par Rose Fortassier. (Cette édition Pléiade de *La Comédie humaine* sous la direction de P.-G. Castex comprend douze volumes dont la parution s'est échelonnée de 1976 à 1981. C'est l'édition de référence indispensable pour tout « balzacien » de vocation ou lecteur curieux de Balzac.)

Le Père Goriot, Livre de Poche, 1983. Préface de Françoise Van Rossum-Guyon et Michel Butor. Commentaires et notes de Nicole Mozet.

Le Père Goriot, Magnard, 1985, coll. « Texte et contextes » par Gérard Gingembre. (Très nombreux documents.)

Le Père Goriot, Presses Pocket, 1989. Préface et commentaires de Gérard Gingembre.

CORRESPONDANCE

Correspondance générale, Garnier, 1960-1969, 5 volumes in-16, édition de Roger Pierrot.

Lettres à madame Hanska, éditions du Delta, 1967-1971, 4 volumes in-8°, édition de Roger Pierrot.

OUVRAGES CRITIQUES ET ARTICLES

Maurice Bardèche, *Balzac romancier*, Plon, 1940 (réimpression Slatkine, 1967).

Jean Pommier, « Naissance d'un héros : Rastignac », *Revue d'histoire littéraire de la France*, avril-juin 1950.

Jean Savant, « Balzac et Vidocq », *in L'Œuvre de Balzac*, éditions Formes et Reflets, Club français du livre, tome XIII, 1955.

Madeleine Fargeaud, « Les Balzac et les Vauquer », *Année balzacienne*, 1960.

L.-F. Hoffmann, « Les métaphores animales dans *Le Père Goriot* », *Année balzacienne*, 1963.

Max Milner, « La poésie du mal chez Balzac », *Année balzacienne*, 1963.

J. Gaudon, « Sur la chronologie du *Père Goriot* », *Année balzacienne*, 1964.

O. Bonard, *La Peinture dans la création balzacienne. Invention et vision picturales de « La Maison du chat-qui-pelote » au « Père Goriot »*, Genève, Droz, 1969.

L.-A. Uffenbeck, « Balzac a-t-il connu Goriot ? », *Année balzacienne*, 1970.

P. Barberis, « *Le Père Goriot* » *de Balzac. Écriture, structures, significations*, Larousse, 1972.

N. Mozet, « La description de la maison Vauquer », *Année balzacienne*, 1972.

A.-M. Meininger, « Sur *Le Père Goriot* », *Année balzacienne*, 1973.

A. Michel, *Le Mariage chez Honoré de Balzac. Amour et féminisme*, Les Belles Lettres, 1978.

R. Chollet, *Balzac journaliste : le tournant de 1830*, Klincksieck, 1983.

A. Michel, « Le pathétique balzacien dans *La Peau de chagrin, Histoire des Treize* et *Le Père Goriot* », *Année balzacienne*, 1985.

A.-M. Baron, « La double lignée du père Goriot ou les composantes balzaciennes de l'image paternelle », *Année balzacienne*, 1985.

J. Guichardet, *Balzac, « archéologue de Paris »*, CDU-SEDES, 1986.

R. Fortassier, « Balzac et le démon du double dans *Le Père Goriot* », *Année balzacienne*, 1986.

J. Guichardet, « Un jeu de l'oie maléfique : l'espace parisien du *Père Goriot* », *Année balzacienne*, 1986.

M. Crouzet, « *Le Père Goriot* et *Lucien Leuwen* romans parallèles », *Année balzacienne*, 1986.

(Ce numéro de l'*Année balzacienne*, 1986, consacre en outre toute une section à la fortune littéraire du *Père Goriot* à l'étranger.)

N. Billot, « *Le Père Goriot* devant la critique (1835) », *Année balzacienne*, 1987.

M. Lichtlé, « La vie posthume du *Père Goriot* en France », *Année balzacienne*, 1987.

N. Mozet, *Balzac au pluriel*, P.U.F., 1990.

Stéphane Vachon, *Les travaux et les jours d'H. de Balzac. Chronologie de la création balzacienne*, Presses universitaires de Vincennes-Presses du CNRS-Presses de l'Université de Montréal, 1992.

FILMOGRAPHIE

Le Père Goriot. Réalisateur : Mario Corsi. Film italien de 1919 (Sandro Salvini dans le rôle du père).

Le Père Goriot. Réalisateur : Jacques de Baroncelli. Film français de 1922 (Gabriel Signoret dans le rôle du père).

Le Père Goriot. Réalisateur : Robert Vernay. Film français de 1944 (Pierre Larquey dans le rôle du père).

Karriere in Paris. Réalisateurs : Georg C. Klaren et Hans G. Rudolph. Film allemand (RDA) de 1951 (Ernst Legal dans le rôle du père).

Le Père Goriot. Adaptation télévisée de Jean-Louis Bory, France, 1972, avec Charles Vanel dans le rôle de Goriot et Bruno Garcin dans celui de Rastignac.

TABLE

La critique contemporaine – " Une œuvre digne d'être relue " – *Le Père Goriot* illustré.

DANS LA MÊME COLLECTION

À PARAÎTRE

Composé chez Traitext et achevé d'imprimer
par l'imprimerie Maury-Eurolivres à Manchecourt
le 5 janvier 1993
Dépôt légal : janvier 1993.
Numéro d'imprimeur : 92/12/M1177
ISBN 2-07-038498-5 / Imprimé en France